目次

新吉原廓内図

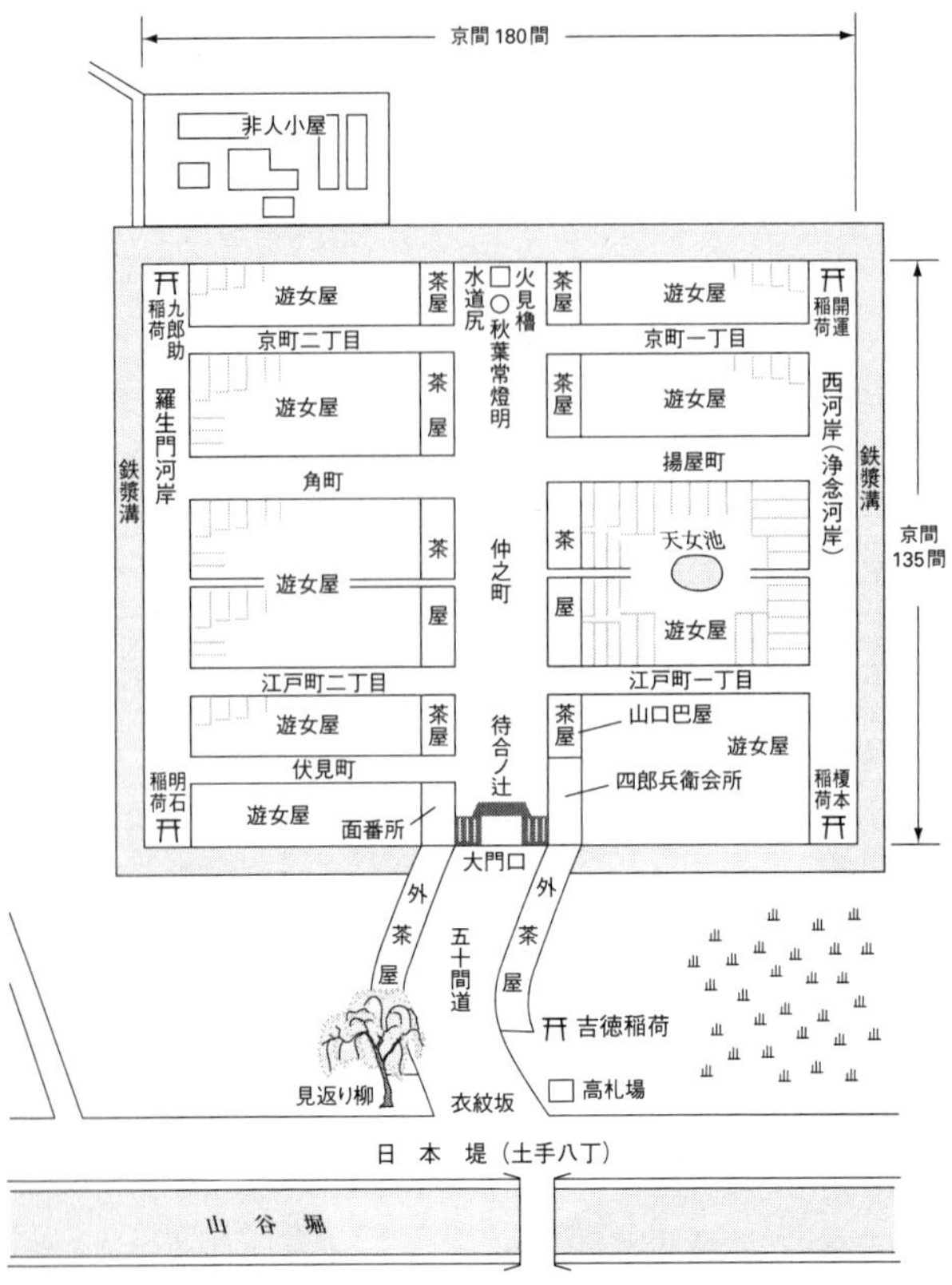

京間180間
非人小屋
九郎助稲荷
茶屋
遊女屋
水道尻
火見櫓
秋葉常燈明
開運稲荷
京町二丁目
京町一丁目
羅生門河岸
西河岸（浄念河岸）
鉄漿溝
揚屋町
角町
仲之町
天女池
京間135間
江戸町二丁目
江戸町一丁目
待合ノ辻
山口巴屋
伏見町
四郎兵衛会所
明石稲荷
榎本稲荷
面番所
大門口
外茶屋
五十間道
吉徳稲荷
見返り柳
衣紋坂
高札場
日本堤（土手八丁）
山谷堀

北
東
南
西
鐘ヶ淵
千住大橋
荒川
隅田村
三河島
田端
日暮里
千住道
小塚原
隅田川
駒込
谷中
日本堤
金杉上町
新吉原
今戸町
千駄木
白山
下谷
鷲神社
山谷堀
今戸橋
浅草寺
東叡山寛永寺
根津権現
東本願寺
浅草花川戸町
御薬園
小石川
本郷
中堂
幡随院
広徳寺
阿部川町
伝通院
不忍池
新堀川
吾妻橋
田原町
竹町ノ渡し
三間町
菊坂町
池之端仲町
下谷広小路
御徒町
並木町
駒形堂
春日町
湯島天神
蔵前
水戸徳川家
北割
牛込
森田町
石原町
神田川
神田明神
外神田
向柳原
御米蔵
神楽坂
牛込御門
小石川御門
水道橋
天王町
浅草橋
柳橋
御竹蔵
南割下
昌平橋
筋違御門
和泉橋
柳原土手
両国広小路
番町
本所
田安御門
俎板橋
雉子橋御門
一ツ橋御門
内神田
馬喰町
回向院
両国橋
市谷
竪川
神田橋御門
清水御門
市谷御門
小伝馬町
今川橋
日本橋
新大橋
常盤橋御門
北町奉行所
小名木川
室町
江戸橋
麹町
仙台堀
深川
江戸城
半蔵御門
呉服橋御門
日本橋
南茅場町
材木町
西之御丸
南町奉行所
鍛冶橋御門
組屋敷
八丁堀
永代橋
京橋
霊岸島
富岡八幡宮
桜田御門
永田町
赤坂御門
数寄屋橋御門
西本願寺
石川島
越中島
山王日枝神社
新橋
築地
佃島
溜池
幸橋御門
汐留橋

『再建』主な登場人物

神守幹次郎……豊後岡藩の元馬廻り役。幼馴染で納戸頭の妻になった汀女とともに、逐電。その後、江戸へ。吉原会所の七代目頭取・四郎兵衛と出会い、遊廓の用心棒「吉原裏同心」となる。

汀女……幹次郎の妻女。豊後岡藩の納戸頭藤村壮五郎の妻となっていたが、幹次郎とともに逐電。遊女たちの手習いの師匠を務め、また浅草の料理茶屋・山口巴屋の商いを手伝う。

四郎兵衛……吉原会所の七代目頭取。幹次郎を吉原裏同心に抜擢。幹次郎・汀女夫妻の後見役。

仙右衛門……吉原会所の番方。四郎兵衛の腹心で、吉原の見廻りや探索などを行う。

玉藻……引手茶屋・山口巴屋の女将。四郎兵衛の実の娘。

村崎季光……吉原会所の前にある面番所に詰める南町奉行所隠密廻り同心。

足田甚吉……豊後岡藩の元中間。幹次郎・汀女の幼馴染。藩の務めを辞した後、吉原に身を寄せる。

薄墨太夫……人気絶頂、三浦屋の花魁。

再建——吉原裏同心（12）

第一章　ふたり遍路

一

昼下がり、神守幹次郎は吉原会所の七代目頭取四郎兵衛の供で日本堤（土手八丁）から五十間道へ曲がった。

幹次郎の他に小頭の長吉と若い衆の金次が従っていた。

見返り柳も新芽を出してなんとなく春めいて感じられる。

天明九（一七八九）年一月二十五日に寛政と元号が改められ、二月の半ばも過ぎて吉原界隈に華やいだ春の息吹が満ちていた。

梅から桜へと季節が移り変わることもあった。それだけではない、吉原にとって待ちに待った日が直ぐそこに迫っていた。

五十間道の外茶屋も吉原の大門の中からも木の香が漂い、天明七（一七八七）年十一月九日早朝に焼失した吉原の再建が近いことがこの界隈に活気を与えていた。

「七代目、仮宅の見廻りにはいささか飽き飽きしましたぜ」

と長吉の声も言葉とは別に弾んでいた。

仮宅商い五百日がこの年の三月下旬に明ける。あとひと月半で大川（隅田川）の両岸に散った妓楼や茶屋が吉原に戻ってくるのだ。

「長うございましたな」

と答えた四郎兵衛の声音に安堵があった。

「七代目、わっしらは大門内の会所を根城に仲之町から五丁町を走り回るのがやっぱり似合ってますよ」

長吉の言葉にも仮宅を夜廻りする疲れがあった。

「仮宅で妓楼の主方は焼け太り、新築の楼の普請代を支払って釣りがきましょう。その上、再建成った吉原でまたひと稼ぎ、わっしらだけが仮宅から仮宅に汗を掻き掻き、皹を切らして走り回ったっていうわけだ」

「小頭、それが会所の務めですぞ」

「いかにもさようでした。つい愚痴めいたことを口にしました」

と詫びた長吉にも注意した四郎兵衛にも、五百日にも及んだ仮宅商いがもう直ぐ終わるという喜びと期待がそこはかとなくあった。

「神守様にもあれこれと勝手ばかり申しましたな」

と四郎兵衛が幹次郎に視線を向けた。

「七代目、初めての仮宅、貴重な経験をさせてもらいました」

と幹次郎は答えながら五十間道の引手茶屋相模屋の跡に建てられた建物をちらりと見た。

相模屋は外茶屋の中でも中どころ、客筋も悪くなかった。だが、一年数月前の火事で燃え落ち、奉公人に暇を取らせて主一家は浅草橋場に仮寓していたが、主の周左衛門が茶屋の沽券を密かに売り払い、一家四人で相模の岩村に引っ込むことを目論んだ。それは奉公人の吉之助が手引きした詐欺で周左衛門夫婦は無残の死を遂げていた。

事件は神守幹次郎らの執念の追跡で一応の解決を見ていたが、もはや相模屋がこの地に再建されることはなかった。

幹次郎の脳裏にあるのは相模屋の男衆として働いていた足田甚吉の行く末の

ことだった。その視線の先に気づいた四郎兵衛が、

「相模屋さんをはじめ、吉原に戻ってこられない妓楼や茶屋が結構ございます。再建を喜んでばかりもいられませんな」

と呟く声はこのときだけ暗く沈んだ。

御免色里の吉原が火事で焼け出されたときのみ、幕府が許してくれるのが仮宅商いだ。火事の大小によって三百日から七百日程度のお許しが出た。

この折り、吉原の格式や仕来たりが取り払われ、大見世（大籬）の太夫とも面倒な手続きなしに遊べるというので、仮宅を待ち受ける客もいた。

また妓楼側でも安直に稼げるというので歓迎の向きもあった。事実五百日の仮宅商い中に新しく建てる楼の普請代を稼ぎ出す主も多くいた。

再開される吉原の大門開きを前に、冠木門が出来上がったという報告に四郎兵衛の一行は検分に来たのだ。

大門は吉原の象徴だ。

夜明けに両開きの大戸が開かれ、引け四つ（午前零時）に閉ざされた。

その左右に通用口があって、左側を入ったところに南北町奉行所の隠密廻り同心が詰める面番所が、また右側の通用口を入ると七代目の四郎兵衛を頭とした

吉原会所があった。

総坪数二万七百六十余坪の吉原を形式的に監督するのが面番所ならば、吉原の自治と治安を実質上守り抜くのが吉原会所だった。

「新しき大門、ようできましたな」

と感じ入った四郎兵衛の声に白木の門の陰から棟梁が姿を見せて、

「七代目、なんぞご注文はございましょうかな」

とお伺いを立てた。

「棟梁、杉皮を残した板屋根とは考えましたな」

「白木の板よりなんとのう風情があろうかと残してみました。いかがにございますか」

と冠木門を見上げた。

四郎兵衛の返答が不安のようでもあり、期待する表情もまた日に焼けた顔にあった。

「大門は万灯が点る廓内の表の顔です、却って渋いくらいのほうが貫禄があります。ようできました」

と四郎兵衛が褒めて、大工の棟梁もようやく安堵の様子で顔を和ませた。

吉原の妓楼、引手茶屋など大半の建物の外観は完成を見て、ただ今どこもが内装の普請に入っていた。競い合うように鉄鎚や鋸の音が聞こえてきて、その間に左官の鏝使いの気配も伝わってきた。

幹次郎はがらんとした仲之町を見た。京間百三十五間の先に水道尻が見通せた。

幹次郎の知る仲之町は煌びやかな花魁道中の舞台であり、飄客が行き交う大通りであった。それがあの日には大火に炎上し、炎が舞い上がる地獄絵図であった。

それががらんとして人影もない。

「いささか寂しゅうございますな」

「七代目、直ぐに清掻が流れ、遊女衆が妍を競い、客が肩と肩をぶつけ合う賑わいが戻って参ります」

「そうならねばなりませんな」

と四郎兵衛が幹次郎に言うと普請中の吉原会所の敷居を跨ぎ、幹次郎らも続いた。

吉原会所は元の造作に寸分の狂いもないように戻すことが命じられていた。内装も妓楼や茶屋ほど凝った造りでもなく、しっかりとした普請に戻されるだけだ。すでに九分どおりは完成していた。

「頭取」

と奥から大工の棟梁が姿を見せた。

「あと十日ばかりお待ちくだせえ、お引き渡しができます」

「ご苦労でしたな」

と四郎兵衛が親方の案内で会所の内部を見て回った。

「牡丹屋はわっしらによくしてくれましたがね、仮住まいは仮住まいだ。なんとなく落ち着きませんや。あと十日でわが家に戻れますか」

と長吉が今日吐いたたくさんの安堵の溜息の中でも、飛びっ切り安心の籠った吐息を吐いた。

「木の香りにむせそうな」

外の陽気と相俟って木の香りが幹次郎らの鼻腔に押し寄せてきた。

仮宅の　終わりを告げる　木の香かな

幹次郎の頭に下手な五七五が浮かんだ。

「なんの工夫もないな」

と呟いた幹次郎の目に、表に立っていた金次が、

「お遍路の親子がいるが、どこから入ってきたんだ」

と小首を傾げる様子が見えた。

「お遍路様がいるって、吉原は秩父巡りの札所じゃねえや。見間違いじゃねえのか」

「水道尻のとこに、たしかにいてよ、開運稲荷のほうに姿を消したぜ」

「おかしな話じゃねえか。もう鉄漿溝に水も入ってりゃ高塀だって巡らされているんだ。大門を潜るしか出入り口はねえはずだがな」

と言いながら長吉が会所の土間から表に出て、幹次郎も続いた。

「いねえじゃねえか、金次」

「だから、開運稲荷の路地に姿を消したんだよ」

「お遍路はふたりか」

「ふたり連れでよ、水道尻でご詠歌でも上げていた様子だったがな。ひとりは娘だぜ」

「娘だと」

「と思うけど」

曖昧な金次の返事に長吉が幹次郎を見た。

幹次郎は会所の中をちらりと窺った。

四郎兵衛は棟梁と会所の普請を見廻っている様子だった。

「小頭、何用か尋ねてみようか」

「へえ」

と応じた長吉を先頭に幹次郎と金次が仲之町を北東から南西に走った。水道尻に到着して開運稲荷の方角を見たが、お遍路の姿はなかった。

長吉が金次を睨んで、黙ったまま路地へと進もうとした。

「小頭、待たれよ」

幹次郎の言葉に長吉が立ち止まり、幹次郎の視線の先を見て、

あっ

と驚きの声を上げた。

身の丈一尺（約三十センチ）余の小さな地蔵様が水道尻火の番小屋の軒下に置かれてあった。長年風雨に打たれて街道を往来する人々の安全を見守ってきたよ

うな風情を石の地蔵は漂わしていた。

「こんなところに地蔵様なんてあったか」

と金次が首を傾げた。

「馬鹿野郎、おめえが見たお遍路のふたりが置いていったんだよ」

「えっ、そんなことが」

長吉の言葉に若い金次が驚いてふたりが消えた路地の奥を見た。

「そのふたりがこの場所に地蔵様を置いたには曰くがなければなるまい」

「へえ、まずふたりをとっ捉まえるこった」

と長吉が応じて足早に路地奥に突き進んでいった。

吉原廓内の四隅には開運、榎本、明石、九郎助稲荷と呼ばれる祠が祀られて、遊女たちの信仰の対象になっていた。

西の隅にあるのが開運稲荷社だ。むろんこの稲荷社も先の火事で焼失したが、祠はすでに出来上がり、あとはご神体のお稲荷様をお迎えするばかりになっていた。

この開運稲荷から榎本稲荷に向かって「河岸」と呼ばれる、長屋造りの切見世(局見世)が長く連なってあった。正式には西河岸(浄念河岸)だ。

河岸は棟割長屋で、間口は四尺五寸（約百三十六センチ）ほど、狭い土間の向こうに二畳の間があった。これが表見世の五丁町で栄華を極めた遊女の末のふきだまり、稼ぎの場であり暮らしの場であった。

狭い路地が長く延びた河岸にもお遍路の姿はなかった。

「どこに行きやがったか」

と金次が少し腹立たしげに呟いた。

切見世の中では建具と畳がまだ入っておらず、職人が壁塗りをしていた。

「左官さん、この路地をお遍路のふたりが通らなかったかい」

と長吉が訊いた。

「お遍路だって？　しっかりしねえ。ここは吉原だぜ、四国八十八か所の遍路道じゃねえや」

「そんなこと分かっていらあ。あり得ないことが起こっているから探しているんだよ」

と長吉に怒鳴り返された職人が首を竦めた。

「おかしゅうございますね」

と長吉が幹次郎を見た。

そのとき、幹次郎は無人の蜘蛛道の出入り口のひとつを眺めていた。

京町一、二丁目、角町、江戸町一、二丁目、揚屋町、伏見町の表通りを称して五丁町と呼び、吉原の異名として通用した。

この大小の通りに見世を構えるその裏に吉原を支える人々が住み暮らす裏町があって、その裏町には無数の狭い路地、蜘蛛道が通じていた。

幹次郎が眺めていた蜘蛛道の先には京町一丁目の裏町があって、人ひとりがようやく抜けられる道の先に春の日差しが長閑に散っていた。

「お遍路め、この蜘蛛道を抜けたと申されるので」

「小頭、地べたを見よ」

幹次郎の言葉に長吉と金次が薄暗がりの蜘蛛道を見直した。

普請中の壁土を踏んだか、草鞋の跡が残っていた。それも大小ふたつの草鞋の跡だ。

「初めて吉原に迷い込んだ者が入り込むところじゃねえがね」

と長吉が言い残して蜘蛛道に姿を没した。さらに金次、幹次郎の順で続いた。

蜘蛛道にも辻があり、小さな明地があって井戸が掘り抜かれていたりした。

辻々には、

「遊女三千」

の暮らしを支える雑貨屋、貸本屋、湯屋、手習指南、味噌醤油屋、酒屋など店が揃っていた。だが、こちらも木の香を漂わしてはいたが建具も畳も品物も入っておらず、職人衆が必死の追い込みをしていた。

辻を幾筋も通り過ぎ、京町一丁目の通りに出た。

「くそっ」

と長吉が罵り声を上げた。

「どうしなさった」

と半籬（中見世）の板屋根を葺いていた屋根職人が長吉の罵り声に応えた。

吉原ではどれほど贅を尽くした大見世でも屋根に瓦は許されず、板葺きであった。火の出たときに全焼となる一因でもあったのだ。

「若い衆、お遍路のふたりを見かけなかったか」

板屋根の職人は自分の足元の蜘蛛道を指した。

「そいつに潜り込んだか」

「爺様と孫娘のふたりだがよ」

と応じた職人の声を背に聞くようにして長吉らは江戸町一丁目と揚屋町の間に

広がる裏町に入り込んだ。

吉原の中でもこの江戸町一丁目と揚屋町の間の裏路地が一番大きかった。だが、その割には裏店や住まいは少なかった。

裏町の真ん中辺に、湧水が溜まった天女池があって吉原の住人のささやかな憩いの場になっていたからだ。先の大火の際、逃げ惑った末にこの池に飛び込み、炎を避けようとした遊女や住人が何人も死んだ。焼死もあったが大半が炎に薄くなった空気のために窒息死したのだ。

池の周りには一年数月の歳月を思わせてなんとか大火に耐えた桜の老樹が蕾をつけていた。また会所が新たに桜木を植えたので今にも花を咲かせようという風情があった。

風雨に打たれ、日に晒された白衣を着たお遍路ふたりが池の端で鈴を鳴らし、ご詠歌を上げていた。

「ふうっ」

と長吉が息を吐き、三人は歩を緩めるとお遍路に歩み寄っていった。

屋根職人が見たように六十をいくつか超えた年寄りと十二、三歳か、鍋墨でも塗りたくったような無残な横顔の娘のふたり連れだった。

在所訛りのご詠歌は長々と続いた。業を煮やした長吉が、

「父つぁん」

とお遍路の背に呼びかけた。

娘の背がぎくりとして年寄りが緩慢な動きで振り返った。

「父つぁん、ここは吉原だぜ。承知で入り込みなさったか」

「へえ」

と瞼をしばたたかせた年寄りが返事した。

「水道尻に野地蔵を置きなさったのはおまえさん方だね」

年寄り遍路が頷いた。

「なんぞ曰くがあってのことかえ」

長吉の問いに年寄りは答えなかった。

真っ黒の顔の両の目尻がきりりとして利発さを感じさせる、その娘が怯えたように神守幹次郎を見ていた。

「この若い衆は吉原を取り仕切る四郎兵衛会所の面々でな、それがしは廓内で揉めごとなどが起こったときに、この方々と一緒に出張って働く用心棒だ」

と幹次郎は笑みを浮かべた顔で孫娘に説明した。

だが、娘もなにも言葉を発しなかった。

「どちらから参られたな」

幹次郎はさらに訊いた。年寄りの口がもごもごと動き、

「下総結城から参りましただ」

とぼそりと言った。

「なんと下総結城からだと。まさかお遍路しながら吉原を目指してきたわけではあるまいな」

と長吉が驚いて問い返した。

だが、年寄りは長吉の問いには答えなかった。

「どうやら理由があって在所から吉原に参られたようだな。おふたりしてご苦労にございました」

と幹次郎が言うと孫娘の顔に硬い笑みが浮かんだ。

「小頭、立ち話もなんだ、会所に戻らぬか。七代目も待っておられよう。四郎兵衛様を交えておふたりの話を聞くのはどうだな」

長吉が致し方ないという顔で、

「爺様、娘さん、会所まで一緒に来てくんな」

と願い、ふたりが頷いた。

普請中の会所の前に待っていた四郎兵衛はふたりの遍路を見ながら長吉から事情を聞くと、

「遠方からご苦労でしたな」

とふたりを労い、

「牡丹屋に行こうか」

と仮の吉原会所がある船宿牡丹屋に連れていくことを長吉らに命じた。

二

船宿牡丹屋に連れてこられたふたりは、ちょうど沸かし立ての内湯に交替で入らされ、牡丹屋の女衆が用意した袷を着せられて上気した顔で四郎兵衛らが待つ座敷に連れてこられた。
その瞬間、長吉が、
あっ！
と驚きの声を発した。

幹次郎も言葉もなく娘を見つめた。

湯を使ったばかりの娘の顔が神々しいまでの美形に変じていたからだ。鍋墨を顔に塗ったのは道中の安全を考えての用心だったようだ。

「鬼怒川筋の結城からそなたらふたりで江戸を目指してこられましたか。道中さぞ苦労なされたことでしょうな」

四郎兵衛に言われた年寄りの目頭が潤んだのを幹次郎は見逃さなかった。

「おまえ様方が吉原に用事があって在所を出られたようだと、小頭らが言うのですが、そりゃほんとうのことですか」

四郎兵衛の問いに年寄りが頷いた。

「まずお名前を聞かせてもらいましょうかね」

四郎兵衛の問いに、

「下総結城外れの鹿窪村の又造に孫のおみよでごぜえます」

と答えた。

ちょうどそこへ他用から戻った四郎兵衛の右腕の仙右衛門が座敷に入ってきて、一座に加わった。

「おまえ様方は普請中の吉原のあちこちでご詠歌を上げて供養をなされ、野地蔵まで安置されたようですな。いくら身の丈一尺余の地蔵様とはいえ、結城から運んでくるのは大変な苦労でしたな」

「知り合いの舟に利根川(とねがわ)の取手宿(とりでしゅく)まで乗せてもろうたで、大したことはねえだ」

鬼怒川は板戸井(いたとい)付近で利根川と合流してその名を消した。

「いや、取手からでも野地蔵を担いでの旅は難儀(なんぎ)にございましたろう。この四郎兵衛、感心致しました」

と四郎兵衛が応じて、

「そろそろ結城から野地蔵を吉原に届けられた経緯(いきさつ)をお聞かせ願えませぬかな」

と願った。

又造がおみよを顧(かえり)みて、おみよが爺様に頷き返した。

「おみよの姉がこの吉原に厄介(やっかい)になっていただ」

と又造が言い出し、一座になんとなく得心(とくしん)の気配が流れた。

「どちらの妓楼に世話になったお女郎(じょろう)かな、本名でもなんでもよい。申しなされ」

「揚屋町の花伊勢(はないせ)様に小紫(こむらさき)の名で出ていただ。本名はおこう、歳はおみよと八つばかり離れていたからよ、二十一になるだ」

小紫の名を四郎兵衛らは聞いたような気がした。だが、はっきりと思い出した者はいなかった。なにしろ吉原は遊女三千と呼ばれた御免色里だ。その数字にいささかの掛け値があったとしても、大勢であることに間違いない。

四郎兵衛らもすべての名や顔を承知しているわけではなかった。

ただ、花伊勢は小見世（総半籬）ながら客筋もよく、よく流行っていた妓楼だった。

「七代目、もしや小紫は天女池で焼死していた女郎さんではございませんか」

と仙右衛門が言い出した。

「おっ、そうだ。火事騒ぎがようやく落ち着いたころ、去年の今ごろのことかね、池の底から引き揚げられた骸があったな。それが花伊勢の小紫らしいというので、浄閑寺に埋葬したんだったな」

と四郎兵衛が思い出し、

「花伊勢の主から連絡がいきましたかな」

と又造に問うた。

「主様から火事の知らせが届いたのは去年の春先のことでした。なんでもおこうが火事の最中に逃げたとか、お許しの三日を過ぎても戻ってこないとか、在所に戻ってねえかという問い合わせにございました。うちにおこうが戻ったなんてことはねえ、それで、折りから江戸に公事で出る平左衛門の旦那にその旨吉原の妓楼の主に話してほしいと願いましただ」

「ほう、それはご丁寧にございました」

「平左衛門様が江戸から戻って十日もしないころ、花伊勢から文が来やして、おこうは火事の最中、体に火が燃え移り、その苦しさに池に飛び込んで死んでいた。亡骸はこちらで葬るがよいかという知らせにございました」

又造の訥々とした話に一座の者はなんとなくその始末を思い出していた。

「七代目、わっしが浄閑寺の弔いには参りました」

と仙右衛門が言い、頷いた四郎兵衛が、

「こたび、吉原に出て参られた理由はおこうさんの回向にございますか」

「へえ、それもございます」

「他にもなにか」

「恥ずかしながらうちは水呑み百姓、おこうの仕送りで種籾を買うてなんとか毎年田植えを済ましていましただ。それが去年は苦労しました。今年もよ、八十八夜が来ても種籾代もねえだよ」

四郎兵衛らは又造の話の先が見えたと思った。

「もしやこの娘さんを姉様の代わりに吉原に出そうと思うて参られたか」

又造が頷き、

「花伊勢では買うてくれまいか。まだ幼いで駄目じゃろうか」

と真剣な眼差(まなざ)しで四郎兵衛に尋ねた。

「又造さん、この話、おみよさんの両親は承知の話ですな」

へえ、と又造が答え、

「これのおっ父(とう)もおっ母(かあ)も野良仕事を休むことはできねえだよ。それで爺のわっしがおみよの供をしてきただ」

話はおよそ分かりました、と四郎兵衛が応じて、

「娘さん、そなたもこの話、得心してのことかな」

と念を押した。

「吉原のことは姉ちゃんの文でおよそ知ってますだ。うちは爺様が言われた通りの貧乏、わたしの稼ぎで籾が買えて田植えができるならば、姉ちゃんの代わりに働くだ」

とけなげに答えた。

「又造さん、おこうさんはいくつで吉原に入られたな」

「十七の秋かと思います」

「小見世の花伊勢では直ぐにも座敷に出したのであろうな。ですが、おみよさんは十三、花伊勢ではいささか持て余しなされよう」

「駄目ですか」

と又造が愕然と肩を落とした。

おみよも縋るような眼差しで四郎兵衛を見た。

「そなた方は吉原のことはなにも知らぬようだな」

と四郎兵衛がしばし腕組みして思案した。そして、腕組みを解きながら、

「あの野地蔵、結城から運んでこられたと申されましたな。小紫、いや、おこうさんの供養と思うてのことか」

「へえ、おこうばかりじゃねえ。たくさんの女郎衆が亡くなったと風の便りに聞きましたただ。それで供養と思うてうちの庭先にあった野地蔵を背に負うて参りました。吉原じゃあ、迷惑かのう」

「いや、よい思いつきにございました。ただし、そなた方が置いた水道尻はまずい。この吉原は遊里にございますでな、客の気持ちを鎮めるものや里心を思い

起こさせるものはいささか差し障りがございます。だがな、おこうさんが亡くなった池の端なればこの吉原の住人だけが参ることができます。あの池の端ではどうですな」

又造が大きく首肯した。

「さて、おみよさんのことじゃが」

と言いながら四郎兵衛が幹次郎を見た。

「どうすることが宜しゅうございましょうな、神守様」

「おみよさんがその気なれば大見世の禿として育てるのが上策かと考えます。じゃが、ただ今は仮宅営業の最中、どこもが禿を置く余裕はございますまい。吉原のことなどを知るために料理茶屋山口巴屋様などで女衆見習いをするのがよろしいかと存じます」

「三浦屋の薄墨太夫や汀女先生が出入りしておられますでな、おみよさんにはそれが一番かと思いますな」

と幹次郎の考えを支持した四郎兵衛が又造とおみよに禿について説明した。

「又造さん、禿にはだれもがなれるわけではない。おみよさんのようにしっかりとした考えの持ち主でな、なにより抜きんでた美貌でなければならぬ。娘から女になる数年、吉原で禿修業した者はどこの妓楼でも売れっ子の遊女になっていく。ただ今吉原一の花魁、薄墨太夫も禿の出じゃ」

「それではおみよは遊女の見習いになるだか。直ぐには銭にはならねえだか」

　又造の心配はそのことだった。

「いや、それでよいならばこの四郎兵衛が禿の代金を支払うてやろう。種籾代にいくら入用かな」

「種籾代は大したことねえ。わっしらは旅もしてきたでな、その費用もかかっておる」

「又造さん、三十両ではどうだな」

「三十両」

「不満かな」

「いえ、その」

「禿を終えて新造に出世した折りは妓楼と話し合い、なにがしかの金子は出すことができよう。当座、数年の間は、三十両で辛抱できるか」

「なんとかします」

　と又造が答えた。

「よし、話は決まった。今晩はこの家で爺様とゆっくり最後の夜を過ごしなされ」

と四郎兵衛が牡丹屋に遍路のふたりが泊まることを許した。

幹次郎は仙右衛門とふたり、牡丹屋の猪牙舟に乗って山谷堀から隅田川に出ると、舳先を河口に向けさせた。

又造の孫の小紫ことおこうのいた花伊勢は、仮宅の中でも一番吉原から遠い深川の永代寺門前仲町の色里近くにあった。

この界隈には深川七場所と呼ばれる新地、石場、土橋、櫓下、裾継、佃町、仲町の遊里があった。むろん官許の吉原と異なり、幕府のお目こぼしによって営業が成り立つ色里だった。

吉原から見れば格違いの遊里で、いくら仮宅とはいえ、このような場所に見世を構える楼は多くない。

だが、小見世花伊勢の主の佐兵衛は、平然と深川の色里に接した門前仲町の裏地に仮宅営業の看板を上げた。

「普通に考えれば、客が集まり難い立地にございますがね、なにしろ周りが安直な遊び場ばかりだ。ところが佐兵衛さんの狙いがぴたりと当たって、客足が途絶えないそうな。こたびの仮宅商いの中でも十指には入ろうという稼ぎ頭にございますよ」

と吉原会所の番方の仙右衛門が幹次郎に話しかけた。

幹次郎が仮宅の夜廻りに行ったことがない、数少ない見世のひとつが花伊勢だった。それは仙右衛門も一緒らしく、花伊勢は仮宅商いの間、商売繁盛にしてなんら難儀がなかったことを示していた。

「又造さんはよい孫をふたりも持っておられますな」

と幹次郎は暮色の江戸の家並みに目をやりながら話柄を変えた。

「在所はどこも苦しゅうございます。昔は娘が三人いれば身代が潰れたなんて、嫁入り仕度のことを親は案じたものですが、時世がこう切羽詰まっては、娘を売りに出すしかない。娘が多いほど助けになるというわけだが、娘のほうから親に願って吉原に身を落とすなんて孝行娘は、そう聞くもんじゃございませんよ」

と仙右衛門が応じた。

このところ、在所から吉原に売り込んでくる娘の数が増えていた。当然女衒を介してのことで、一見吉原にいい遊女が集まるように見えるが、世間全体が冷え切っては、「遊女三千」の吉原もあったものではない。

「田沼様の賄賂政治が懐かしいとは言いませんがね、もう少し幕府に頭の切れる方がおられると景気も変わると思うのですがな」

仙右衛門は暗に松平定信の改革を非難した。

当初吉原は、松平定信の登場を好意をもって迎えていただけに、無為無策に失望も早かった。

「なんでも近々奢侈禁止令が出るそうな、仮宅が明ける四月にこれが重なりますと、こちらのお祝い景気に水を差されかねないと七代目も案じておられます」

仙右衛門は珍しくご政道を非難する言葉を吐き続けた。

「仮宅商いはいつもそうですが、明暗がくっきりと分かれましてな、客足の途絶えない花伊勢のような楼ばかりではございません。半分と言いたいが、六分方が青息吐息で仮宅の明けるのを待っておりましょう」

幹次郎は仮宅商いで楼の普請代に釣りが出るなどと景気のいい話を聞かされていたので、いささか驚いた。

「花伊勢は儲け組にございますな」

「小見世は吉原の格だ、習わしだって気取ってはいられませんや。それに佐兵衛さんと女将のおきちさんがざっくばらりとした気性でしてね、深川の風土にすっかり馴染んで吉原以来の客と、深川の色里に遊びに来た客を取り込んで千客万来と聞いております」

猪牙舟はいつしか永代橋を潜り、深川相川町沿いに富岡八幡宮に向かう堀に入っていった。

武家方一手橋、三蔵橋の下を抜けた堀は鉤の手に曲がり、門前仲町近くの黒船橋際に舟を泊めさせた。

仙右衛門と幹次郎のふたりは、牡丹屋の若い船頭を猪牙舟に待たせて河岸道に上がった。

花伊勢の仮宅は、永代寺門前仲町の裏手にあった。路地に入った途端に灯りが夕暮れの裏町を輝くように浮かばせ、幾重にも格子に客がへばりついていた。

花伊勢の繁栄は噂だけではなかった。

「ほお、なかなかの威勢にございますね」

幹次郎は大川両岸に散った吉原の妓楼の中でもこのように客が群がる仮宅を見

たことがなかった。

女郎衆と客の間の格子窓を煙管が行き来し、笑い声が絶えず起こっていた。これほど構えたところがない仮宅もない。それが商売繁盛の秘密なのか。

「大見世の主が見たら切歯しましょうな。格式がある大楼ほど仕来たりを捨て切れず、遊び代を下げることはできませんでな、花伊勢の真似はしたくてもできませんのさ」

と仙右衛門が苦笑いした。

魚料理の茶屋を借り受けて、だいぶ造作を直したようで格子造りも鬼簾も吉原の感じを出していた。

ふたりは客の揉み合う間をすり抜けて暖簾を潜った。

「いらっしゃい」

と男衆が揉み手をしてふたりを迎え、

「なんだ、会所の仙右衛門さんにお侍か」

とがっかりした顔を見せた。

「良さん、そう正直に顔色を変えるもんじゃねえぜ。まるでわっしらが蝿かごきかぶりのようだぜ」

「いえ、番方、そうじゃねえがね、仮宅が明けるってんで客がまた増えちまって、女郎衆も休む暇もないほどなんだ」

「結構な話じゃないか。他の楼が聞いたら、歯ぎしりするぜ」

「そりゃあ結構なことですよ。でもさ、あんまり忙しくて女郎衆が病に倒れないかと佐兵衛の旦那も気にかけておられるんで」

「それはそうだがなんにしても景気がいい話だ。ちょいと帳場に上がらしてもらうよ」

と仙右衛門が男衆に断わり、階段横の廊下を奥に通った。

幹次郎も刀を腰から外すと続いた。

「おや、会所の番方が珍しいね。七代目は元気にしていなさろうな」

佐兵衛の如才のない言葉が仙右衛門の背の向こうから聞こえ、

「ささ、春は名のみだ。日が落ちると大川下りの舟も寒うございますよ。火の傍にお出でなさい」

愛想のいい声に仙右衛門が帳場に入り、幹次郎も佐兵衛の姿を見ることができた。

帳場は四畳半だが床の間に神棚が鎮座して、お酉様の大熊手が飾られてあった。

それに、帳場の片隅になぜか木刀が三本ばかり立てかけてあった。

「裏同心の旦那も一緒か。なんぞ悪い話かね」

と佐兵衛の声が曇った。

「いや、七代目の命で佐兵衛さんに相談に来たのだ」

「うちのような小見世に相談ですって、なんですね」

「火事騒ぎで焼死した小紫のことですよ」

「ほう、小紫ね」

と佐兵衛の口調に微妙な翳が差した。

「在所の下総結城外れから小紫の爺様と妹が出てきましてね」

と前置きした仙右衛門が又造とおみよの、いささか変わった形の吉原訪問を語った。

「お遍路姿で吉原に出てきなさった。小紫の供養でしょうな」

「爺様はなんと身の丈一尺余の野地蔵を担いでの旅です。当然おこうの供養を兼ねてのことですよ」

「番方、供養を兼ねてと言われたか」

「へえ、これからが相談だ」

と仙右衛門が妹の身売りの相談話を告げた。

三

話を聞き終わっても佐兵衛はしばらく沈黙を守り続けていた。

「十三じゃあ、うちでは働き場所がございませんよ。おみよは禿を務めるほどの美形の娘でしょうな」

「小紫の妹ですよ」

「ならば七代目におみよの処遇はお任せします。振袖新造に出世したとき、着物の一枚も贈らせてもらいますよ」

幹次郎は小紫がなぜ小見世に奉公したか、そのことを漠然と考えていた。

「神守様、なんぞございますか」

「いえね、なぜ小見世のこちらに小紫が奉公したのかな、と余計なことを考えました」

「ああ、そのことですか。小紫ならば中見世でも喜んで抱えにしたでしょうな」

と佐兵衛が言い、

「あの娘はね、女衒から直ぐに女郎として見世に出られて手っ取り早く稼げるのは小見世と聞かされてうちに来たんですよ」

「ほう、結城の実家に一日でも早く金子を送り届けたかったのであろうか」

と爺様と孫娘のおみよから籾代もないと話を聞かされていた幹次郎は得心した。

「佐兵衛さん、お許しをいただき、有難うござんす。おみよは仮宅が明けるまで料理茶屋山口巴屋の預かりになりそうです」

「それがいい。ゆくゆくは薄墨太夫か、高尾(たかお)太夫の下(もと)で修業を積むんだね」

「七代目もそう考えておられましょう」

「ならばうちが口を挟むこともございませんよ、番方」

と佐兵衛が快くおみよの処遇を吉原会所に任せた。

話が一段落ついたところに女将のおきちが姿を見せてふたりに茶菓を供した。

「おきち、話を聞いたな」

と佐兵衛がおきちに念を押した。

帳場裏は台所のようで、おきちはそこで帳場からの会話を聞いていたことになる。

「小紫の妹ならうちで育てたい気もあるが、小見世のうちじゃあね」

「女将さん、火事前の間口よりだいぶ広くなって花伊勢を小見世とは呼べますまい。隣を買い取られたそうですね」

花伊勢が焼ける前の吉原で右隣にあった小見世を買い増したのは火事があった半年後のことで、会所に届けがあった。もはや花伊勢は半籬の妓楼だった。

「それでもせいぜい中見世ですよ。三浦屋様方のような大籬の足元にも及びません」

「こたびの仮宅で稼ぎ頭の一軒が花伊勢さんであることには間違いない。今の勢いならば数年うちに吉原一、二の妓楼に出世だ」

「番方は口がうまいよ、うちは間口が広くなっただけだ」

とおきちが満更(まんざら)でもない顔をした。

だが、佐兵衛の表情は険(けわ)しかった。

「おきち、うちじゃあ、おみよがどんな美形でも雇うことはできませんよ」

「そうだね」

おきちも亭主の言葉に応じた。

「主どの、ちとお尋ねしてようござるか」

と幹次郎がふたたび口を開いた。

「お侍さん、どんなことだね」

「小紫のことをどう思うておられます」

「どう思うと問われても死んだ者のことでございますよ」

「佐兵衛さん、小紫は死んだのでございますね」

「なぜそのようなことを問われますな、神守様。亡骸は浄閑寺に葬ったのを会所でも承知のはずだ」

「われらがこちらに参り、小紫の爺様と妹が在所から出てきたと番方が説明なさるのを聞かれた佐兵衛さんの顔がなんとのう複雑に見て取れましたでな」

仙右衛門が幹次郎を顧みた。そして、佐兵衛が、
ふうっ
と大きな溜息を吐いた。

「裏同心の旦那は八卦も見られますか」

佐兵衛の答えに仙右衛門の顔が険しくなり、

「小紫は生きておるんで」

と訊いた。

佐兵衛がおきちと顔を見合わせ、もうひとつ溜息をし、顔を会所のふたりに向

けた。

「たしかな話じゃないんで」

と佐兵衛が断わった。

「説明してもらいましょう」

と険しい口調で番方が迫った。

火事騒ぎで廓外に逃げた女郎は三日以内に戻ってくればなんのお咎めもなし、これが吉原の定法だ。だが、三日を過ぎても戻ってこない女郎は足抜したものとして会所が厳しく詮議追及した。

天明七年十一月の火事でも三日後までに戻ってこない女郎が十人ほどいたが、その大半は会所の追跡で身柄を捕捉されていた。

「うちに小紫と仲がよかった女郎でお蝶というのがいるんですがね、この女の馴染客がさ、大山参りの帰り、江ノ島の土産物屋に立ち寄ったそうな。そこで小紫に似た女を見かけたと言うんですよ。姉さん被りでまるで土地の女のように見えたが、あれは小紫に間違いないとお蝶に訴えたそうで。お蝶が小紫さんは浄閑寺の墓石の下といくら言っても、いや、見間違うはずはねえ、あれは小紫だった。第一、おれの顔を見て顔を背けたのがなによりの証し、と言い張るのだそうでございますよ」

と佐兵衛が言い、

「まあ、口さがない職人衆の言うこと、真に受けてはおりませんがね、そんな折りに小紫の爺様と妹が在所から出てきたと聞いて、私の胸が騒いだのでございましょう。その顔色を神守様に読まれてしまった」

とさらに言い訳した。

「神守様」

「いや、番方、深い考えがあって佐兵衛さんに尋ねたわけではないのだ」

「どう思われますな、この話」

「又造とおみよが結城から出てきたことと江ノ島の一件に関わりがあるとは思えませぬ。だが、江ノ島のほうはいささか気になります」

「小紫の骸が池の底から見つかったとき、もはや外見ではだれか判別がつきませんでしたよ。たしか小紫が炎を避けるために頭に被っていた打掛(うちかけ)の絵模様で小紫と判別したのでございましたね」

「いかにもさようです、番方」

と佐兵衛が答え、一座を重い沈黙が支配した。

「よし、お蝶に会おう」

と仙右衛門が決断し、おきちが、

「馴染の客が上がってますよ。あと四半刻（三十分）待っておくれよ、番方」

と願った。

半刻（一時間）後、お蝶が帳場に呼ばれた。仙右衛門と幹次郎の顔を見たお蝶が、

「あら、私、会所に呼ばれるような悪いことをしたかしら」

「おまえさんのことではない」

仙右衛門の答えを聞いたお蝶がしばらく敷居際で立ったまま考えていたが、

「小紫さんのことか」

と得心したように呟くと帳場に入ってきて、ぺたりと座った。

「畳職人の鉄さん、おっちょこちょいだからね、似たような女衆を死んだ小紫さんと見間違えたんですよ、そうに決まってますよ」

「だが、鉄って客は間違いねえって何度もおめえに言ったそうだな。相手は顔を背けたとまで」

「どうせ、江ノ島でさ、飯盛女を上げるつもりで興奮していたところに小紫さ

んに似た女を見てさ、ぼおっとしたんじゃないの。鉄さん、ほんとうは小紫さんが好きだったんだもの」

「おめえさんは他人の空似と言うんだね」

「番方、間違いなしだって」

「ところがこちらは、はい、そうですかと聞き捨てにできない商いだ。確かめるのがわっしらの仕事、ひいては妓楼への務めだ」

と仙右衛門が言い、傍らから佐兵衛が、

「今日、小紫の在所から爺様と妹が出てきたそうだ」

と又造とおみよの出府をお蝶に語り聞かせた。

「えっ、そんなことが」

とお蝶の顔が真剣味を増した。

「お蝶、なんぞ鉄さんの話と関わりあると思うかい」

とおきちが抱え女郎に質した。

お蝶の顔が初めて険しさを帯びて考え込んだ。

「どう考えていいか分からないよ。だって池から上がったのが小紫さんじゃなければ一体全体だれなんだい、番方」

「小紫かもしれねえ、あるいは別の女かもしれねえ」

「番方、うちじゃ小紫として浄閑寺に葬ったんですよ。それを今更」

佐兵衛が詰るように言った。

「旦那、一昨年十一月の火事騒ぎでは何体か身許が分からない骸が出た。それに杳として行方の知れない女郎衆が何人かいる。まさかとは思うが、小紫があの火事騒ぎを利用して、他人に自分の打掛を渡し、廓外に逃れたという筋書きは考えられないか」

「打掛の主は小紫ではないと番方は言いなさるか」

「そうじゃねえ、旦那。その可能性もあると言っているだけなんだ」

「小紫はうちではお職の次の二番手の稼ぎ頭、客あしらいはいいし、機転も利いた」

と佐兵衛がお蝶を見た。

「旦那、私はさ、小紫さんほどきれいでもないし、機転も利きませんよ。だからいつも花伊勢の五、六番手。でもさ、火事騒ぎで逃げ出そうなんて考えたことはありませんよ」

「なにもおまえにそんなことを言ってないじゃないか」

「旦那の目つきがそう言ってました」

お蝶が佐兵衛に笑いながら噛みついた。

小見世の花伊勢は楼主と女郎に信頼関係が保たれたまるで身内のような、吉原でも珍しい楼だった。

「お蝶、話を逸らさないでくんな。わっしが知りたいのは小紫のことだ」

「番方、小紫さんはどの朋輩とも心底腹を割って話したことがないと思うな。ひょっとして、あの火事騒ぎの中でそんなことを思いつく女郎さんがいたとしたら、小紫さんは数少ないそんな女郎のうちのひとりかもしれないな」

「お蝶、小紫に頼るべき客がいたと思うか。たとえば相模の江ノ島の出の客とか、あるいは江戸者だが、江ノ島に縁がある客とか」

「分からない」

とお蝶が首を横に振り、佐兵衛も、

「私らも覚えがございませんよ」

と応じた。

「この花伊勢で一番小紫と親しかったのはだれだい」

お蝶が人差し指を曲げて自分の顔を指した。

「私は本所の生まれで、小紫さんは在所の出、江戸のことをなにも知らない小紫さんに私があれこれと教えたの。女将さんの言いつけだと思ったな」

「そうそう、うちに来たのは一年ばかりおまえが先だったね、そのあとに入ったのが小紫だったたよ。それで気立てのいいおまえに小紫の指南役を命じたんだったよ」

「それで打ち解けたと思っていたんだけど、今になってみると小紫さんは私のことなどなんとも思ってなかったんじゃないかしら」

お蝶は本所育ちらしくさばさばとした口調で言った。

「番方、江ノ島の女を確かめに行きなさるか」

と佐兵衛が尋ねた。

「小紫、こちらにいくら残ってましたね」

佐兵衛がおきちを顧みた。

「在所者らしく金遣いには細かくて、着るものなんぞもお蝶たちが二枚買うところを一枚で迷い、こたびはようござんすとやめたことが再三ありましたよ。もっとも在所に仕送りもせねばならず、見栄なんぞ張っていられなかったのかもしれませんけどね。それでこつこつと金を貯めて借財を返してましたからね、四十八両二分ばかり残っていたと思います」

「小紫が生きていて花伊勢で稼ぐとしたら、あと四年はかかりましょうな」

「番方、四年から五年かね。うちはなんたって小見世ですからね」

と佐兵衛が話を締め括った。

「江ノ島に出張るかどうか、その前に鉄さんと会いたいものだ、お蝶」

「江戸は京橋際の畳町の畳屋伊予屋の住み込みですよ」

とお蝶がすらすらと答えた。

「番方、鉄さんに迷惑をかけるようなことをしないでね」

と手を合わせた。

「お蝶、おれは吉原の廓内の産婆の手でこの世におぎゃあと生まれた者だぜ。吉原の酸いも甘いも承知だ。おめえのいい客に迷惑をかけるような真似はしないよ」

と仙右衛門が応じたとき、仮宅の見世前で格子窓でも叩き折るような音がして、
わあっ！

という悲鳴が上がった。

「またですか」

と佐兵衛が腰を上げかけた。

「どうしなさった、佐兵衛さん」

「いえね、番方、土地のやくざ者に仮宅商いのみかじめ料を月々払ってきたんですがね、この間からまとまった金子を寄越せと再三言ってきては嫌がらせをしていくようになったんですよ。吉原に戻ると知ってのことですよ」

「月々いくら支払ってなさった」

「二分ほどね」

「十分ですよ。やくざ者はなんという野郎ですね」

「石場の陣五郎ってげじげじ眉毛」

とお蝶が答えると、

「汀女先生の旦那、陣五郎のところに用心棒がいるんだよ、ひょろりとした双子の剣術家でさ、なんでも柳生なんとか流の免許皆伝だとさ。ふたり相手に大丈夫かな」

とお蝶は汀女の名まで持ち出して嗾けた。

「なんだか、奇妙な夜になりましたな」

と仙右衛門が立ち上がりながら幹次郎に笑いかけた。

幹次郎は、傍らの刀を手にすると、

「佐兵衛さん、こちらの木刀を借用してよいか」

「あいつらが来たときの用心にと木刀を買い求めたんだが考えてみりゃ、うちには木刀なんぞを使う者はいませんでしたよ。勝手にお持ちなせえ」

幹次郎は三本のうち一番長尺の木刀を選んで、仙右衛門に続いて帳場から表口へと向かった。するとなぜか嬉しそうにお蝶が従ってきた。

「汀女先生の旦那、木刀でいいのかい」

「客商売の見世前を血で汚したくないでな」

前を歩く仙右衛門が暖簾を分けて立ち止まった。

「嫌がらせはよしねえな」

「吉原会所の長半纏は浅草田圃でしか通用しないぜ」

と仙右衛門に掛け合う声がした。

幹次郎が仙右衛門の傍らに立った。

「てめえか、吉原の用心棒は」

とげじげじ眉毛が幹次郎を見た。

その背後に、鉄錆色のけば立った小袖に袴の、懐に片手を突っ込んだ長身の浪人がふたり、控えていた。双子というだけあって、頬がこけ、殺伐とした風貌が実によく似ている。

幹次郎が手にした刀と木刀を見て、ふたりがにたりと笑った。

「先生、こやつらを痛い目に遭わせねえと佐兵衛は出すものも出さないね」

「よかろう」

とひとりが言い、もうひとりが頷いた。

「お蝶さん、刀を預かっていてくれ」

幹次郎は刃渡り二尺三寸七分（約七十二センチ）の和泉守藤原兼定をお蝶に差し出すと、

「あいよ」

とお蝶が艶然とした笑みで応じた。

幹次郎は木刀を下げた構えで花伊勢の土間に下りた。

土間はせいぜい左右二間（約三・六メートル）に奥行き一間（約一・八メートル）の広さだ。

「表に出ようか」

仙右衛門も襟元に片手を突っ込み、草履を履いた。

先に双子剣客が表に出て、格子窓に張りついていた客が、
わあっ!

と散った。

石場の陣五郎はよほど双子剣客の腕を信頼しているのか、他に子分を従えてきた様子はなかった。

「番方、この場はお任せあれ」

と幹次郎が仙右衛門に言うと、木刀を左手に移し、右の拳を自由にした。

それを見た双子剣客が剣を抜いた。兄弟して刃渡り二尺八寸(約八十五センチ)はあろうという大業物だ。その長剣をひとりは八双に、もうひとりは逆八双に構えて立てた。

「汀女先生の旦那、刀に替えなよ。木刀じゃあ分が悪くないかい」

お蝶が本所育ちそのままの口調で幹次郎に呼びかけた。

「お蝶、下がっておれ、怪我をしても知らぬぞ」

と背のお蝶に言いかけた幹次郎の腰が沈んだ。

間合は一間か。

双子剣客の立てた剣の切っ先が、

ちょんちょん
と夜空を突いた。

「えいっ！」

「おう！」

と呼応した双子剣客の長身が幹次郎に被さるように迫ってきた。

その瞬間、幹次郎も踏み込みながら右の拳で木刀の柄を摑んで引き回した。

ずしりずしり
と鈍くも重い音が花伊勢の仮宅前にふたつ響き、引き回された木刀に脇腹を強打されたふたりが横手に吹っ飛んで転がっていた。

「眼志流横霞み」

幹次郎の口から漏れて、木刀の先が石場の陣五郎に向けられ、

「そなたの腹は本身で撫で斬るか」

と問うた。

「あいよ、汀女先生の旦那」

と心得たお蝶が藤原兼定の柄を差し出した。

わああっ！

と恐怖の叫び声を上げた石場の陣五郎がその場から逃げ出し、地べたに転がった双子剣客も必死の形相で続いた。

四

少し刻限は遅いと思ったが、牡丹屋の猪牙舟を八丁堀に入れて、京橋際に泊めさせた。

「そろそろ四つ、畳屋は寝てましょうな」

と仙右衛門は案じたが、畳町の畳屋の伊予屋から灯りが漏れて夜なべ仕事でもしている様子があった。表戸も一枚だけ外されていた。

「夜分御免なさいよ」

「番頭さん、もう目処はついた。あとは運び込むだけだと旦那に言ってくんな」

ときびきびとした親方らしい声がした。

「いえ、わっしはお得意様ではないんでございますよ。鉄さんとちょいと知り合いにございまして、お時間を拝借願えないかと夜分にも拘らず伺いました」

と仙右衛門が吉原会所の長半纏を裏返しに着て、腰を低くして願った。

「なにっ、おれに用事だと。どこのどいつだい、こんな時分によ。いつもなら寝床で馴染の遊女の夢なんぞを見ている時間だぜ」

と余計なことを言いながら鉄次が出てきて、仙右衛門の顔を見ると、

「なんだい、吉原会所の番方じゃねえか。まさかお蝶の身になんぞあったというわけじゃあるまいな」

と近所じゅうに響き渡る大声で問うた。

お蝶の頼みもあり、仙右衛門はわざわざ長半纏を裏返しに着たがそんな気遣いなど当人には無意味だった。

「鉄兄い、宜しいので。わっしらが吉原の者とお店に知れても」

と仙右衛門が声を潜めた。

「番方、おりゃ、なにも悪いことしているわけじゃなしよ、おれがお蝶のところに通うのは親方以下朋輩が承知のことだ」

ふうっ
と仙右衛門が息を吐いた。

「いえね、お蝶さんは息災ですよ。わっしらは世間様に大きな面を晒すわけにはいかないこともございましてね、かように慣れねえ猫撫で声まで出しての訪い

だが無駄でしたな」

「用たあなんだ、番方。見ての通り急ぎ仕事を頼まれてこれからお得意様まで届けなきゃならないとこだ。手っ取り早く済ませてくんな」

「江ノ島で会ったという小紫の一件にございますよ」

「おおっ、そいつか。ようやく本気にする奴が出てきたぜ」

と応じた鉄次が夜なべ仕事の伊予屋の土間に首を突っ込み、

「おい、みんな、聞いたか。あの一件、吉原会所が動き出したぜ。そりゃそうだよな、火事騒ぎに足抜してよ、人の嫁さんに収まるなんぞはちょいと図々しいもんな」

と仲間に知らせた。

「鉄さん、伊予屋さんではどなたも承知の話でございますか」

「番方、あったり前だ。おれたち親方から見習いまで商売を休んで大山参りに行ったんだ。江ノ島の一件も承知だよ」

鉄次の返答に仙右衛門が幹次郎を見た。

「鉄、近所じゅうがてめえの大声に迷惑していなさらあ、おめえが馴染の女郎のとこに通う話は耳にタコだとよ。会所の方に店に入ってもらえ」

と親方が命じた。

「番方、そんなわけだ。入りなよ」

と鉄次に誘われたふたりは、急ぎ仕事に精を出す伊予屋の広土間に入った。

親方に職人衆七、八人がねじり鉢巻で畳替え作業に精を出していた。

「吉原の衆、わっしが伊予屋の基三郎だ」

基三郎は三十七、八の男盛り、渋い顔立ちの親方だった。

「親方、ご一統様、夜分申し訳ございません」

仙右衛門が改めて詫びた。

「江ノ島の一件だそうだね、なんぞ心当たりが吉原会所にもあったかい」

と基三郎が仕事の手を休めずに訊いた。

「いえね」

と仙右衛門が前置きして再建中の吉原にお遍路姿のふたりが入り込んだ話から順を追って告げた。

「なんだって。小紫の爺様と妹が吉原に来たって」

と鉄次が首を傾げて考え込んだ。

「番方、おまえさん方はそのふたりの江戸出府がさ、小紫が生きている証しとで

「親方、そこまで考える段階じゃございませんよ。わっしらが雁首揃えて花伊勢の仮宅に行ってさ、お蝶から江ノ島の一件を聞かされたばかりなんで。ともかくそのことを確かめにこちらに参ったというわけでございますよ」

「鉄次の話だぜ、番方をがっかりさせなきゃあいいがね」

基三郎親方は未だ半信半疑の表情を見せた。

「親方は小紫に似た女を見てねえんで」

「ちらりとは見たさ。だが、そもそも小紫がどんな女郎か知らないんだ。江ノ島の女が小紫と同じ人物かどうかなんて分かりっこねえさ」

「仰る通りにございますな。すると小紫を承知で江ノ島の女を見た方は鉄さんだけなんで」

「いや、おれも見た」

と鉄次とおっつかっつの若い職人が手を上げた。

「おまえさんは」

「信吉でさあ」

「その江ノ島の女を、花伊勢の小紫と思われますかえ」

「たしかに小紫そっくりの愛らしい若嫁って風情だったな。もっとも世間には他人の空似ってこともある。おまえさん、吉原の花伊勢で女郎に出ていた小紫さんですかとも訊けねえや。あの女が小紫と言われりゃ、そのような気もするし、似た女と言われればそんな気にもなるし」

と信吉の記憶は曖昧だった。

「信吉、おめえは頼りねえ野郎だぜ。あれは小紫なんだよ、おりゃ、だれよりも小紫と親しかったからな」

「鉄さんの敵娼はお蝶でしたな」

「お蝶と小紫は仲がいいんでよ、小紫がしけを食ったときなんぞ、お蝶の座敷でよ、三人して花札をめくったのは一度や二度じゃねえや。おりゃ、お蝶ほどじゃねえが、小紫のことはとくと承知だ」

と鉄次も引く様子はない。

「というわけだ、吉原の衆」

と親方が仙右衛門に言い、仙右衛門が幹次郎を振り返った。

「鉄次さん、お蝶さんとは先の話を約束しておられるか」

幹次郎の話の矛先は唐突に変わっていた。

「身請けの話かえ」

「いかにもそのことです」

「おれとお蝶は本所の棟割長屋で育った幼馴染だ。あいつが吉原に身売りするとき、おりゃ、なんにもできなかった。だから、できることならば身請けはしてやりてえ」

「花伊勢の主はそのことを承知かな」

「いや、お蝶と話し合っているだけのことだ。だけどよ、親方に給金の半分を預かってもらってらあ。あと何年かかるか知らねえが、おりゃ、お蝶と一緒になるぜ」

「鉄の野郎の言うことは店じゅうが承知のことでございますよ。お蝶は気立てのいい女と聞いておりますし、うちでもできることならばと思うておりますのさ」

と基三郎も同意した。

「鉄次さん、もし江ノ島の女が小紫ならば足抜はひとりでできる話じゃない。江ノ島に関わりのある客が手引きしたか。そんな客に心当たりはないかな」

幹次郎が話を戻した。

「お侍、おれもお蝶と何度も話し合ったぜ。ところが小紫は、どこか正体を隠しているようなところがあってな、心底惚れた客のことを楼にも親しいお蝶にも話したことはないのさ。売れっ子の小紫の客のだれがそんな手引きをしたか、見当もつかねえときた」

と幹次郎に応じた鉄次が、

「おりゃ、だれがなんと言おうとあの女が小紫に間違いねえと思っている。だってよ、島の中の土産物屋の店先でお互いに目を合わせたとき、女の狼狽ぶりはおれがだれかと承知したからだ。おれも一瞬、死んだと聞かされていた小紫が目の前に立っててよ、茫然としたものだから、その隙にあいつは人込みに姿を紛らして消えやがった」

と、もう一度江ノ島の女が小紫に間違いないという話に戻した。

「あの火事の夜、おりゃ、お蝶の身が案じられてよ、吉原に駆けつけてよ、燃えさかる炎の中、お蝶を捜して歩いたぜ。だが、あの騒ぎの中、人ひとり見つけ出すのは容易なこっちゃねえ。だれもが必死で逃げ惑い、馴染の女を探していたんだ。そんな最中、足抜を考える女郎なんて、大した女だぜ。小紫は自分の打掛をだれぞに渡して逃げたと、火事の最中かあとか、だれだったか聞かされたぜ。こりゃよ、今から考えると、小紫によ、咄嗟の企てがあったんじゃないか。そんなことが考えられる遊女は、くどいようだが、吉原の遊女の中でもひとりかふたりだけだぜ」

と曖昧な記憶を辿って言った。

鉄次の言葉に幹次郎も仙右衛門も思わず頷いていた。

「吉原の衆よ、江ノ島まで足を延ばしなさるか」

と基三郎親方が仕事の手を休めて訊いた。

どうやら急ぎ仕事は終わったようだった。

「会所に戻り、頭取と相談の上、鉄次さんの話を確かめに行くことになりそうだ」

「おれたちがその女に出会ったのは江ノ島の参道入り口のさ、土産物屋を兼ねた旅籠（はたご）だ。たしか相模富士屋（さがみふじや）といったと思ったぜ」

と基三郎が仙右衛門に告げた。

基三郎は鉄次の話を一概（いちがい）に他人の空似と決めつけていたわけではないらしい。自分なりに話を整理していた様子が見られた。

「親方、鉄次さん、助かったぜ」

「おれも胸のつかえが下りたようですっきりしたぜ。番方、あの女は小紫に間違いねえからな」

「鉄、何度も念を押すねえ、会所の方々は探索が本職の面々だ、あとは任せることだ」

と甚三郎が鉄次に釘を刺した。

「親方、鉄次さんがお蝶を身請けするについちゃ、四郎兵衛様からも花伊勢に話をしておこう。この一件、会所は力になるぜ。どんなことでもいい、前もって相談に来なせえよ」

と仙右衛門が言うとしばらく黙っていた鉄次が、

「うおおっ！」

と喜びの雄叫びを上げた。

仙右衛門と幹次郎が山谷堀今戸橋際の牡丹屋に戻ったのは四つを大きく回った刻限だった。

小頭の長吉らは仮宅の夜廻りに出て、まだ戻ってきていなかった。だが、四郎兵衛は、仮の吉原会所の牡丹屋の座敷にいた。

「七代目、ただ今戻りました」

「ご苦労でしたな」

「又造さんとおみよは寝ましたかえ」

「二階座敷に床を並べて休んでもらいました。又造さんもおみよもこんな立派な座敷に絹布団なんて初めてだと恐縮しておりましたよ」

と答えた四郎兵衛が、

「えらく御用に時間がかかりましたな」

と話の矛先を変えた。

「七代目、話が思わぬところに飛びましてな、かような刻限になりました」

と前置きした仙右衛門が、花伊勢で聞き知った噂を畳町まで追って確かめた顚末の仔細を告げた。

四郎兵衛は煙管を手に仙右衛門の話を黙然と聞いていたが、

「驚きましたな」

と漏らした。

「へえ、わっしらも正直畳屋の鉄次さんに会うまで、話半分に聞いていたんですがね、こいつは案外なことかもしれねえと、神守様と話しながら戻ってきましたんで」

「又造さんとおみよが江戸に出てきたのは偶然ですかな」

話はそこにいった。

「おそらくふたりはこの話に関わりはございますまい。七代目はどう思われますな」

「又造とおみよは小紫が焼死したと思えばこそ、下総結城から重い野地蔵を負って吉原まで出向いてきたのであろう。まず承知はしていまいな」

「この話、又造とおみよには、しないおつもりですかえ」

「小紫が真（まこと）に生きていることが分かってからでも遅くはあるまい」

「いかにもさようでした」

と応じた仙右衛門が、

「江ノ島には、行きがかりにございます、わっしが参りましょう」

「そう願いましょう」

と応じた四郎兵衛が、

「こたびの一件、小紫の背後に控える人物がおるかどうかいささか気になります。小見世の抱え女郎じゃが念には念を入れて、神守様に同行してもらいなされ」

と命じた。

「そいつは願ってもない話ですが、江戸が手薄になりませぬか」

「六、七日の留守くらいなんとでもなりますよ」

と四郎兵衛が応じて、

「七代目も申されたように小紫の背後に控える人物の当たりくらい付けた上で江戸を発つことが肝心かと思います。明日じゅうに目鼻をつけて、明後日の七つ(午前四時)発ちで構いませぬか」

と仙右衛門がお伺いを立てた。

「それがよいでしょう」

と四郎兵衛が幹次郎を見た。

「なんぞございますかな」

「こうなると小紫の打掛を着て焼死した女の身許が気になります」

「こいつも花伊勢の周辺を調べ直すことになりそうだ」

と四郎兵衛が応じたところに小頭の長吉らが夜廻りからどやどやと戻ってきた。

「ご苦労でしたな」

と幹次郎が労いの言葉をかけると、

「花伊勢の佐兵衛さんが神守様の腕前にいたく感心していましたぜ。石場の陣五郎の双子の用心棒を一発で叩きのめしたそうですね」

と長吉が花伊勢の夜廻りに行って仕入れた話をその場で告げた。

四郎兵衛が幹次郎を見た。

「花伊勢では小紫の一件だけではなかったので」

「ついうっかりして報告を忘れておりました」

仙右衛門が幹次郎の代わりに石場の陣五郎が花伊勢を脅迫して金を得ようとした経緯を話した。

「仮宅が終わって吉原に戻るドサクサにかようなことは起こりがちです。花伊勢の他にこのようなことがないかどうか、明日から夜廻りの際に確かめなされ」

と四郎兵衛が長吉らに命じた。

「神守様、明後日からまた汀女先生と離れ離れでございますよ。早く戻りなされというにはいささか刻限が遅うございますがな、長屋にお帰りくださいまし」

と四郎兵衛が幹次郎に帰宅を促した。

「七代目、又造さんは明日にも結城に戻られますな」

「なんぞ気になりますか」

「思いつきにございます」

「申してみなされ」

「このようなご時世です。又造さん、懐に三十両の金子を抱えて結城に戻られるか、あるいは江戸の両替屋を訪ねてどこぞに為替を組んで送らぬか、確かめる要はございませぬか」

「ほう、最前の考えから変心なされましたか」

「念のためでございます」

しばし沈思する四郎兵衛と仙右衛門を、長吉らが訝しい顔つきで見守っていた。

「在所者は正直だという考えに振り回されて、この吉原は何度か痛い思いをしてきましたな。神守様の申される通り、おみよの身売りの代金がどこへ向かうか、確かめましょうかな」

と大きく首肯した。

第二章　野地蔵の怪

一

翌朝、四郎兵衛は浅草寺門前町の料理茶屋山口巴屋に又造とおみよを連れていき、玉藻に面会させた。山口巴屋の女将はむろん玉藻だが、その父親は四郎兵衛であり、面会は形式に過ぎなかった。

玉藻はおみよをひと目見て、

「お父つぁん、もしおみよさんにその覚悟があれば松の位の太夫に出世する娘ですよ」

「玉藻、美形でもあるがおみよの利発さとけなげな一途さがいい」

玉藻の視線が又造にいった。

「又造さん、孫のおみよさんをたしかにうちで預かります。新築成った吉原に戻った暁には、しかるべき妓楼に話を通しましょう。数年後には立派な振袖新造間違いなし、その折りには相応の金子をおみよさんに支払いますからね」

と約定し、そんな内容の証文を書いて又造に渡した。

「おみよ、いいか。こちらの女将の言われることを聞いて、早う一人前の遊女になれよ」

と涙声で諭すと、

「爺ちゃんは結城に帰るでな」

と又造は帳場から出ていこうとした。

おみよは又造のそんな様子をじいっと見つめて、涙ひとつ零そうとはせず耐えていた。

「おみよさん、爺様を門まで送りなされ」

と見兼ねた玉藻が勧めたが、

「女将様、門まで見送れば町の辻まで見送りたいという未練が湧きますだ。結城を出たときから別れのときがくることは覚悟してきました。爺ちゃんの顔は胸に刻みつけてあります」

と断わった。

「そうね、おみよさんの言う通りかもしれないわ。十三のあなたにひとつ教えられましたよ」

と玉藻が呟き、おみよが、

「女将様の親切を徒にしてすいません」

と詫びて両目を瞑った。

玉藻が部屋の隅に控えていた汀女に視線をやった。

汀女は、おみよの閉じられた目尻に涙が滲むのを見た。

「おみよさんなれば、きっと当代の太夫の薄墨様や高尾様の立派な後継ぎになりましょう」

「汀女先生もそうお感じになりますか」

「四郎兵衛様の眼に狂いはございません」

「神守様はなんと申されましたな」

と四郎兵衛が幹次郎の意見を気にした。

「亭主どのは家に戻ってもあまり会所での話はしません。ですが、昨夜ばかりは吉原に新たな花の蕾が下総より届いたと、爺様と顔に鍋墨を塗ってまで旅してきたおみよさんのことを褒めておいででした」

「神守様もな」

四郎兵衛が頷いたが、その顔には暗い翳が一瞬走った。が、玉藻も汀女もその翳には気づかなかった。

又造は山口巴屋から一旦浅草寺門前の広小路に出ると、今出てきた山口巴屋のほうを顧みた。そして、仲見世を抜けて浅草寺本堂の前に立ち、賽銭箱になにがしかの銭を投げ入れるとおみよのことを思うてか、長いこと合掌した。

階段を下りた又造は、仲見世に戻り、江戸土産の手拭いや扇を売る店に立ち寄り、女衆になにごとか尋ね、女衆は吾妻橋の方角を指して教えた。

その様子を吉原会所の長吉がじいっと見ていた。

幹次郎と仙右衛門は同じ刻限、永代寺門前仲町裏の花伊勢の仮宅を訪れていた。

二日続けての来訪に主の佐兵衛が、

「おや、いよいよ本腰入れて小紫の一件を調べ直すつもりかね」

と尋ねたものだ。そして、おきちにお蝶を帳場に呼ばせた。

「お蝶、畳屋の鉄次さんに会ったぜ、おめえとは幼馴染だってな」

「あら、鉄さんたらそんなことを喋(しゃべ)っちゃったの。しようがないな」

「伊予屋の基三郎親方も鉄次さんが身請けの金を貯めていることを承知でなんとか手助けしてやりたいと言ってなさった」

「本気なのね」

「おめえはそうじゃねえのかい」

「だって私は女郎の身、だれにでも金で抱かれる女よ。それを鉄さん、花嫁さんにしてよなんて、厚かましくて言えないわ」

「本心はどうなんだ」

「そりゃ鉄さんと一緒になれれば言うことなしだけど」

とお蝶は佐兵衛を見た。

「お蝶、今どき鉄さんみたいな男はいないぜ。お蝶がその気なら私たちも考えようじゃないか、なあ、おきち」

と佐兵衛がおきちに相槌を求めた。

「あと二、三年、辛抱おしよ」

「二、三年か、鉄さん、待っててくれるかな」

とお蝶が不安げな顔で漏らした。

「佐兵衛さん、七代目に話したと思いねえ。今度の小紫の一件次第では会所がなんとか面倒みてもいいとさ」

「なに、七代目がそんなことを。番方、こうなったら小紫の一件はっきりさせてくれないか。事と次第ではうちでもお蝶の身請けを早目に考えてもいいよ」

よし、と応じた仙右衛門が鉄次と会った経緯を三人に語り聞かせた上で、

「鉄次さんは江ノ島の女は小紫に間違いないと、わっしらにも言うのだ。こうなりゃ、わっしと神守様が江ノ島まで伸すしか手はねえ。だが、その前にだ、もう一度、佐兵衛さん、思い出してくれまいか。小紫の足抜を助ける客に心当たりがあるかなしかだ」

「私たちも昨夜から何度も考えましたよ。だけどねえ、馴染の客の中に小紫の足抜を手伝うような者を思いつかないのだよ」

「お蝶、おまえはどうだ」

「私にも心当たりがないのよ。小紫さんの客は結構年配の人が多かったの、だから無分別をするような相手が見つからないの。そんな心を通わせた相手がいたとも思えないけどね」

「そうそう、客筋は四十より上が多かったね」

お蝶の言葉におきちが答えた。

「お蝶、小紫が売れっ子だった理由はなんだ」

「小紫さんが花伊勢の稼ぎ頭だった謂(いわ)れは、愛らしくて綺麗な顔立ちだけじゃないと思うわ。客が何度も通いつめたのは、しっとりとした肌よ、それに閨(ねや)の腕にめろめろになったんだと思うけど」

とお蝶は遊女仲間だから知り得る言葉を吐いた。

「それほど閨上手だったか」

「小紫は一を教えると十を悟(さと)る遊女だったよ。男を喜ばせるのが好きでさ、自分が楽しむことはなかったかもしれないね。まあ、生まれつきの女郎といえばそうかもしれない」

とおきちも言い足した。

「足抜を手助けする相手がそんな客の中にいないか、お蝶」

「小紫さんが頼みに行けば手助けをしてくれる人はいたかもしれないけど、それ以上に、火事騒ぎを利して一緒に逃げるなんてことをしでかしそうな人が見当たらないのよ」

ふうっ

と仙右衛門が声を漏らした。その溜息を聞いた佐兵衛が、

「仙右衛門さん、小紫の身代わりになって池で死んだ女の身許だがね、思いついたよ」

と言った。

「ほう、だれだい」

「花伊勢の裏に湯屋がありましたな、番方」

「黒湯(くろゆ)だな」

「その湯屋だが、新しい吉原に戻ってくるかね」

「いや、戻ってこない」

「やっぱりね」

「知っての通り老夫婦と釜焚(かまた)きの男衆に、ちょいとおつむの弱い女の四人でやっていたが、あの火事騒ぎのあと、会所に文が舞い込み、もう主夫婦は歳も歳、新たに湯屋は続けられないと言ってきた」

「あの火事騒ぎから二、三日して湯屋の釜焚きの秀(ひで)さんに会ったんだ。そしたら、おつむの弱い朋輩のお六(ろく)の行方が掴めないと漏らしていたことを、私は迂闊(うかつ)にもすっかり忘れていた。お六は顔は別にして、体つきも年恰好(かっこう)も小紫に似通ってい

たよ。もし炎の中で小紫が打掛を被って炎を避けな、と差し出せば、黙って受け取ったかもしれないと考えたんだ」

「湯屋のお六か」

と仙右衛門が呟き、

「だれに訊けばお六のことが分かるね」

「そりゃ、秀さんだね。聖天町の加賀湯の釜焚きにうまいこと潜り込めたと言っていたから、きっと今も働いているよ」

「分かった、これから会う」

と仙右衛門が大きく頷いた。


火事前の廓内にあった黒湯の釜焚きの秀吉は、牡丹屋の直ぐ傍の浅草聖天町の加賀湯に釜焚きとして働いていた。

仙右衛門と幹次郎が会ったのは加賀湯の釜場で、秀吉は火事場からもらってきたらしい焼けぼっくいを鋸で切り、斧で適当な大きさに割っていた。

「秀さん、わっしは吉原会所の番方の仙右衛門だ」

と仙右衛門が長半纏の襟を示すと、秀吉は無表情に頷いた。

「おめえさんに思い出してほしいことがあってやってきた」

仙右衛門が薪の山に腰を下ろして言った。

秀吉は茫然とした眼差しで小さく頷いた。

「おめえさんは火事で焼け出される前に廓内の黒湯の奉公人だったな、そのときの朋輩に女衆のお六がいた」

秀吉の真っ黒の顔が紅潮した。お六になにか想いを寄せていた風情だった。

「行方が知れないと聞いたが、そのあと、なにか摑めたか」

いや、と秀吉が答えると顔に浮かんだ感情がまたすうっと消えた。

「あの夜、おめえさんがお六を最後に見たのはいつのことだ」

「わしは釜場の上にあった板の間に寝ていただ。するとだれかが、火事だ、逃げろって叫ぶ声がしただ。そんで慌てて釜場に下りたらよ、吉原じゅうが真っ赤でよ、こりゃ大火事になるべと思っただ。そんで主の茂平さんとおかみさんに火事だ、逃げべえと喚いて知らせただよ」

「それからどうした」

「旦那方は動転してよ、枕を抱えてどてら姿で逃げ出そうとしなさったからよ、わしが命の次に大事な銭箱を持っていきなせえと言っただよ」

「そうなされたか」

「ああ。おお、そうだって旦那が言ってよ、売上げを貯め込んだ味噌甕(みそがめ)を抱えて、逃げていかれただ」

「お六を火事騒ぎの間に見かけたか」

「わしは釜場の上の板の間に戻り、真っ赤に燃える炎で見えた巾着(きんちゃく)とどてらを摑んで、釜場から逃げ出した。蜘蛛道に出たとき、表通りのほうに大きな火の手が上がってよ、お六の立ち竦む姿が遠くに浮かび上がっただ」

「ほう」

「わしが助けに行こうかと考えたとき、蜘蛛道に炎が上がってよ、どうにもこうにもお六のところに行けそうにねえ。そこでわしはお六がいた揚屋町の通りを諦(あきら)めて京町に出ただ。そしたらふだんは閉じられている裏門が開いていてよ、外に逃れることができただ」

「お六を最後に見たのは炎の向こうに立ち竦む姿だな」

「うんだ」

「なにを着ていたな」

「寝ていたんだ、白い古浴衣(ゆかた)の寝巻だ」

と秀吉は記憶を蘇らせた。

「最後に見たのはお六が古浴衣の寝巻で立ち竦む姿だな」

と仙右衛門が念を押した。

しばらく取り留めのない眼差しで虚空を見ていた秀吉が、

「わしは逃げる途中で振り返っただ」

「ほう、そしたら」

「お六の傍らに打掛を頭から被った女郎さんが立っていてよ、その女郎さんが打掛をお六の頭にかけただよ」

「その女郎がだれか分かるか」

「ああ、花伊勢の小紫さんだ」

あの火事騒ぎの中、お六と小紫が出会ったことを見ていた者がいた。

「秀さん、小紫に間違いねえか」

「ああ、あの様子のよさは小紫に間違いねえ」

「お六は小紫を承知だな」

「花伊勢の真裏が黒湯だ。女郎がときに黒湯に入りに来たからよ、お六とも知り合いだ」

「火事が鎮まったあと、おめえはお六の行方を探して歩いたようだな」

「ああ、翌日のこった。わしは吉祥院(きっしょういん)の前で主夫婦に会っただよ。そんでお六と会ったかと訊かれたからよ、いや、会わねえと答えただ。そしたら、旦那がわしに二分くれなさってよ、もう湯屋は続けられねえ、在所に戻るだで、お六を探してくれと頼まれただ」

「お六に会えたか」

いんや、と秀吉が答えた。

「ならば小紫とはどうだ」

「会わねえ。だども、仮見世に出ていようが」

秀吉は小紫が池で焼死していたことを知らないのか、そう答えた。

「お六の在所はどこだ」

「旦那と一緒だ」

「旦那の茂平の在所はどこだ」

「わしゃ、知らねえ」

と首を横に振った。

仙右衛門が何度も念を押したが、秀吉の知ることのこれがすべてだった。

加賀湯を出た仙右衛門が、

「鉄次が江ノ島で見たという女はどうやら小紫のようですね」

「あの騒ぎの中で足抜を咄嗟に考えて、お六を自らの身代わりの骸にしようとしたのなら、小紫という女郎、なかなかの知恵者ですね」

「偶さか打掛を譲られたお六が炎に追われて蜘蛛道に紛れ込み、池に逃げ場を求めて焼死したこともあり得ます。または、神守様の申される通り、小紫が身代わりに仕立てて殺して逃げ出したか。そいつを知るには江ノ島に行くしかございませんか」

ふたりが船宿牡丹屋に戻ると、しょんぼりした長吉と金次が四郎兵衛の前にいた。

「なにかございましたので」

と仙右衛門が訊いた。

「又造だがね、意外と食わせ者だったかもしれないよ」

「と申されますと」

「浅草寺に参ったあと、又造が立ち寄った先は駿河町の本両替屋の越後屋だそうな。玉藻が渡した三十両のうち二十五両を為替に組んで、東海道藤沢宿の伝馬会所に送りたいと願ったそうだ。だが、うちでは上方の両替屋にしか為替は送れないと断わられた。金次が又造のあとを追い、長吉が越後屋に又造のことを訊きに行ったのだ。それで今話したことが分かったんだよ、番方」

と四郎兵衛が仙右衛門に告げ、金次が、

「すまねえ、番方。ドジを踏んで又造の姿を見失ってしまったんだ」

と米つきバッタのように頭を下げた。

「番方、おれがついていてこのざまをしでかしたんだ。金次だけの罪じゃねえ」

と長吉も一緒に詫びた。そんなふたりをじろりと見た仙右衛門が、

「甘くみましたかねえ、又造を」

「私らもあの遍路姿と野地蔵に騙されたかもしれないね」

と四郎兵衛も言った。

「小紫も食わせ者ですぜ」

仙右衛門が元黒湯の釜焚き秀吉から得た話を告げた。

「なんとあの火事騒ぎの最中に小紫の姿が見られていましたか」

「どうやら池から上がった焼けただれた骸は、黒湯の女衆お六に間違いなかろうね」

「へえ、小紫はのうのうと藤沢から江ノ島界隈に住み暮らしているらしい」

「江ノ島で鉄次に姿を見られた小紫は新たな逃げ場を探して、実家に銭の無心をしたが、そこで小紫の親と又造が話し合い、妹のおみよを吉原に売ってその金子を小紫に送ることを考えた、そんなところかね」

「七代目の推量でほぼ間違いございますまい。又造がどんな方法で二十五両を小紫に送るかは分かりませんが、わっしらはその二十五両が渡る前に小紫をとっ捕まえねばなりますまい」

と仙右衛門が幹次郎を見た。

「番方、それがしなればいつでも旅立てます」

「今日中に六郷(ろくごう)の渡しを越えますか」

と言い合った幹次郎と仙右衛門が急ぎ旅仕度を始めた。

二

翌日の夕暮れ前、仙右衛門と神守幹次郎は、東海道藤沢宿に到着していた。

旅慣れた健脚のふたりは、昨日のうちに六郷の渡し舟に乗ることができた。

その夜は、川崎宿泊まり、七つ発ちで神奈川、程ヶ谷、戸塚と八里（約三十一キロ）ほどを踏破して八つ半（午後三時）の頃合に藤沢宿に入り、又造が二十五両を送りつけようとした伝馬会所を訪ねて、

「江戸から二十五両」

の送金が届いてないかどうか問い合わせた。

伝馬会所の古狸然とした町役人の年寄りが、

「おまえさん方、江戸の役人かい」

と尋ね返した。

「すまねえ、名乗るのが遅くなって。わっしらは吉原会所の者でございましてね、一昨年十一月の火事騒ぎの折りに足抜した遊女を捜しておるんでございますよ」

「なにっ、足抜した女郎を追ってわざわざ藤沢まで来なさったか。見事に東海道筋まで逃げ果せたんだ、許してやるがいいじゃないか」

「そいつがね、許されない事情が絡んでいるのでございますよ」

「ほう、そいつを聞かせてもらおうじゃないか」

時間を持て余していた年寄りが仙右衛門に絡んだ。

「そいつを話さないと送金があったかどうか教えてはいただけませんか」

「ああ、私がさ、こりゃあ、おまえさん方が追ってきたのは当然だと判断したらさ、知恵も貸そうじゃないか」

しばし考えた仙右衛門が、

「他言をしねえと約束してくれますか」

「藤沢宿を預かる孝兵衛、それなりに口は堅うございますよ」

「致し方ございません」

前置きした仙右衛門が小紫の逃亡劇を手短に語り聞かせた。

「なんですって、その女郎、湯屋の女衆に打掛を貸して自らが焼死したように細工をした上にこの界隈まで逃げたと言いなさるか」

「女郎の爺様が妹を禿に売った金を江戸の両替屋からこの藤沢宿のこちらに送りつけようとしたことはたしかにございますよ」

「して、宛先はだれだい」

「宛先を言う前に江戸の両替屋はうちではできないと断わっていましてね、それが分からないんで」

ふーん

と孝兵衛が長嘆息すると、

「分かりましたよ。分かりましたがね、宛人が分からないんじゃあどうにもなりませんな」

と腕組みを解いた。

ふーうっ

と今度は仙右衛門が溜息を吐いた。

「どうしたものか」

「その女郎、藤沢宿に住んでいるんだね」

「いや、見かけられたのは江ノ島なんで」

「なんだ、江ノ島かね。ならばそちらで女郎を捜すのが早道じゃないかね」

「もし二十五両を爺様がなんらかの方法で送っていたら、金子のほうを見張っているのが女郎を誘き出すたしかな方策と考えたんだがね」

「まあ、それもひとつの手だ」

と孝兵衛が煙草盆を煙管の雁首で引っかけて引き寄せ、悠然と火皿に刻みを詰めた。

仙右衛門が幹次郎を振り見て、江ノ島へ行きますかと目顔で訊いた。

孝兵衛がぷかりと煙草を吹かした。

藤沢宿から江ノ島はおよそ一里（約三・九キロ）、ふたりの足なら半刻もかからなかった。明るいうちに江ノ島に着いて訊き込みができるだろう。

幹次郎が頷いた。

「邪魔をしましたね」

と仙右衛門が辞去の挨拶をした。

「江戸者は気が早いね。そんなんじゃあ、在所の探索はうまくいきっこないよ」

口から煙管を外した孝兵衛が苦々しく言い放った。言葉遣いに江戸の暮らしをした名残りがあった。

「なんぞ知恵がございますので」

「この界隈から江戸に年季奉公に出ている者もいますよ。そんな連中がさ、国許に銭を送る方法がないじゃやない」

「ほう、それはまた知らなかった」

「本両替町や駿河町の本両替商に在所者が飛び込んで、小口の送金を頼んでも相手にしてくれませんよ。旅籠町の裏に看板もなしの為替屋があってさ、本両替商の為替の手数料より幾分高くつくけどさ、安心して送る手がございますのさ。こっちのほうは精々数両の金子を送ったり受け取ったりするだけですがね。その爺様がどこぞの本両替商の手代辺りに知恵をつけられたとしたら、その手もありかなと考えていたんですよ」

「二十五両を為替に組めますかえ」

「最前言いましたが手数料はいささか高くつきますがね、ちゃんとこちらで受け取れましょう」

「藤沢宿で受け取れますので」

「はい」

「それはどちらに参れば分かりますな」

「どちらもこちらもございませんな、吉原のお方」

「どういうことで」

「この孝兵衛が江戸の親方両替から送られてくる為替を換金する子方にございますよ」

藤沢宿の伝馬会所の役人は、闇為替の子方だというのだ。

「こりゃ、驚いたぜ」

「驚くことはございませんよ。なにも金座銀座や本両替商だけが金子を送ったり受け取ったりしているわけではございません。吉原ではこのような闇為替屋は使いませんかね」

「うちじゃあ、すべてが現金決済だ。若い女を何年も縛ろうという商売ですからね」

「闇為替より対面でのやり取りを信用なさるか」

「まあそういうことです。ところで江戸の闇為替屋からこちらに二十五両の為替が届いたとしたら、どうやったら受け取れますので」

「吉原の衆、うちに為替が届くと同時に江ノ島の女郎のところにも飛脚で同じ書付が届く仕組みですよ。その受け取った相手がうちに書付を持参してふたつの書付がぴたりと合えば、うちでは二十五両即刻お支払いします」

「江戸から藤沢宿まで為替が送られる日数はどれほどで」

「まあ、六郷の川留めさえなければ二日もあれば着きましょう」

「又造爺がこの手を利用したとしたら明日の便か」

「ということになりますかな」

幹次郎が念のために訊いた。

「本日の飛脚便で又造なる人物から二十五両の為替は届いておりますまいな」

「二十五両なんて大金の為替が届けば、この孝兵衛、呑気にそなた方の相手はしておりませんよ」

さてどうしたものかという顔で仙右衛門が考え込んだ。

「孝兵衛どの、闇為替を直に江ノ島で受け取れる方策はござろうか」

と幹次郎が訊いた。

「腹が立つことにこの一年前より、江ノ島のシラスの網元の伝五兵衛が闇為替の子方に加わりましてな、うちの顧客を食い荒らしておりますよ」

「又造は藤沢宿ではなく江ノ島へ送る方法もあるわけでござるな」

「知らぬが仏とはこのことです」

「どういうことです」

「シラスの網元といばってますがね、元々は博奕で取り上げた身上、正体は田舎やくざです。闇為替は信用第一にも拘らず、伝五兵衛のところに宛てた為替がいくつも途中で消えておりますのさ」

と江ノ島の同業を論った。

「神守様、こいつは為替の行方を追うより小紫をとっ捕まえたほうが手早いようにございますな」

「江ノ島に急ぎますか」

頷いた仙右衛門が孝兵衛に礼を言うと、

「聞いての通り、わっしら江ノ島に急ぎます」

「足抜した女郎、小紫といいなさるか」

「本名はおこうだ」

「おまえ様方、江ノ島に宿を決めてなさるか」

「島の参道入り口の土産物屋を兼ねた相模富士屋で小紫は見かけられているんで。わっしらはまず相模富士屋を目指します」

「次右衛門さんの宿だ。藤沢宿の孝兵衛の口利きといえばそう粗略に扱いはしますまいよ」

と孝兵衛は言うと、煙管の雁首を煙草盆の灰吹きでぽんぽんと叩いて、吸殻を落とした。


仙右衛門と幹次郎は藤沢から始まる江ノ島道を辿り、半刻もしないうちに相模湾に突き出した江ノ島が望める海へと出た。

春の海は夕焼けに染まり、白波の立つ海の上に雪を頂いた霊峰富士が美しい裾野を引いて見えた。

ふたりは言葉もなく富士山に見入った。

「いい刻限に江ノ島に到着しましたな」

「このような富士を見たのは初めてです」

幹次郎の胸に思わず五七五が浮かんだ。

春めきて　波立つ海に　富士の峰

とても汀女に披露するほどの句ではなかった。腰折れと評するにも値しないなと幹次郎は忘れることにした。

島に向かって海をふたつに割るようにして弧状（こじょう）に浜が延びていた。引き潮のときだけ現れる道があった。

仙右衛門と幹次郎は潮風に旅仕度の体を弄（なぶ）られながら、道を渡っていった。

「神守様、江戸を出るときから気にかかっていたことがございましてな」

「おみよのことですな」

「へえ、神守様はどう考えられますな」

「姉が生きておるかもしれないということを承知かどうかということですね」

「いかにもさようです」

「又造爺の行動はいかにも小紫、いえ、おこうが生きていることを示しております。また鉄次さんの証言もあること、まず生きておるような気がします。だが、そのことをおみよが承知かと申せば、知らないようだと思います。番方はおみよが承知と思われますので」

「そうでございましょうな。又造の朴訥そうな風貌と野地蔵に騙されて、つい孫娘のおみよまで疑ってしまいました。疑心暗鬼になり過ぎておりますな」

仙右衛門が自らを諫めるように呟いた。

島の鳥居を潜ったのは、暮れ六つ（午後六時）前のことだった。そのせいか島には人影もなく土産物屋も戸を立てていた。

相模湾に突き出た江ノ島は、仁寿三年（八五三）に円仁が岩屋に籠り、弁才天のお告げを受けて上之宮に社殿を創建したともいわれ、寿永元年（一一八二）に源　頼朝の祈願により文覚が弁才天を勧請したとも伝えられる。

江戸時代に入り、大山参りや鎌倉見物の帰路に立ち寄る名所として知られるようになり、宝暦十一年（一七六一）に島岩屋の弁才天開帳が六年に一度、催されるようになってさらに知れ渡った。

島の周囲は岩場でおよそ一里、一番高いところで海抜二百尺（約六十メートル）ほどの小さな島だった。

夕暮れの島全体を潮の香りが包んでいた。そして、潮騒が響いていた。

「神守様、小紫が見かけられた相模富士屋にございますよ」

表戸から灯りが漏れる旅籠の前で立ち止まった。

「そのようですね」

「御免なさいよ」

仙右衛門が声を届けた向こうから夕餉の雰囲気が伝わってきた。

「どなた様」

と女衆が姿を見せて、

「遅いお着きね」

と言いかけた。

「姉さん、飛び込みですまねえ。藤沢宿の伝馬会所役人の孝兵衛さんの紹介で来たんだが宿を願えねえかえ」

と頼んだ。

「あら、孝兵衛さんの口利きなの。いい部屋は空いてないわよ」

「贅沢は言わねえ。湯に入れて、飯が食えて酒が呑めて、ついでに姉さんに相手してもらえば十分だ」

「島では女衆はご法度よ」

「おれの言い方が悪かった。ちょいと訊きたいことがあって江戸から伸してきたんだ。夕餉のときに話が訊きたいだけだ」

「あら、そんなこと」

と応じた女が、

「江戸のどちらさん」

仙右衛門に訊いた。

「吉原会所の者でございますよ」

「吉原って花魁がいる、あの吉原」

「いかにもさようにございます」

「吉原の人がなにかしらね」

と言った女は、

「足を濯ぐよりそのまま湯殿に行かない。さっぱり汗を流したほうがいいでしょ」

と湯を勧めた。

「こちらに文句はねえ」

ふたりは菅笠、羽織を脱いで、道中嚢を解いた。幹次郎は藤原兼定と脇差を腰から外してひと纏めにした。

「お部屋に上げときましょうか」

「姉さん、手拭いを出すまで待ってくんな」

ふたりは相模富士屋の表土間で湯に入る仕度をした。

四半刻後、ひとっ風呂浴びたふたりは、二階の布団部屋に案内された。薄暗く湿っぽい部屋だが刻限が刻限だ。文句は言えなかった。

「御免くださいな」

と男の声がして番頭が、宿帳を持参してきた。

「遅い刻限にすまねえ」

「孝兵衛さんの名を持ち出されては泊めないわけにはいきませんよ。おまえ様方、江戸の吉原会所のお方だそうですね」

「女衆から聞きなさったか」

「どのようなご用件にございますな」

「吉原は天明七年十一月の火事で廓内外を焼失して、ただ今は仮宅商いの最中だ、ご存じかな」

「江戸のお客様が多うございますでな、噂に承知しております」

「火事の最中に死んだと思われた女郎がさ、ひと月半ほど前、この相模富士屋の店先で見かけられたという話がございましてな、それでわっしらが出張ってきたってわけですよ」

「ほう、その女郎さん、火事騒ぎを利して足抜をしのけたか」

「そういうことで」

「女の年恰好はいくつで、名はなんと言いなさるな」

「二十一だ。源氏名は小紫、本名はおこう。出は下総結城外れでございますよ」

「おこうさん、にございますか」

「番頭さん、心当たりがございますか」

「うちにはおこうなんて女衆はいませんよ。それにしても江ノ島は江戸から大勢の参拝客が詰めかける島にございますよ。おこうさんが江ノ島に関わりのある人とどうして言えますね」

「おこうと思える女を見た鉄次って畳職人は、おこうの馴染客ではございませんが、花札をしたりと結構付き合いのあった者でしてね、見間違いはないと申しておりました。また鉄次さんの記憶では、江ノ島参拝の客ではのうて、その応対をする女衆の形(なり)をしていたというんですがね」

番頭が小首を傾げて、

「直ぐに心当たりは思い浮かびませんな」

と考え込んだ。

「お客人、奉公人らに訊いてみますで明朝まで待ってくれませんか」

と言うと宿帳を残して姿を消した。そして、女衆が膳と酒を運んできた。

「どう思われます、番頭の様子」

「なにかを承知しておるようにも見えますし、こちらのことを警戒しているとも考えられます」

「ひと晩待ってみますか」

「それがよかろう」

「果報(かほう)は寝て待てですな」

と仙右衛門が燗徳利(かんどつくり)を持ち上げて、幹次郎に差した。

三

翌朝、仙右衛門と幹次郎は洗顔を済ますと、身仕度を整えて囲炉裏端の朝餉の膳に向かい合って座った。

相模湾で獲れた鯵の干物で朝飯を食い終わったとき、

「お役目ご苦労に存じますな、相模富士屋の主の次右衛門にございます」

と挨拶を受けた。

次右衛門の盆には急須と新しい茶碗が三つ載っていた。

「旦那にございますか。わっしは吉原会所の番方を務めます仙右衛門にございます。よしなにお願い申します」

こちらも丁重な挨拶を返した。

「足抜の女郎さんを調べていなさるそうな、番頭から聞きました」

と言いながら、次右衛門が茶を淹れてふたりに供した。

「へえ、吉原におるときは小紫と呼ばれておりましたが本名はおこうにございます」

「馴染のお客がそのおこうさんとやらを私の店の前で見かけたそうな。形は、土地者のようであったとか」

「見た者、畳職人の鉄次さんはそう推測つけましたんで」

「吉原で女郎を務めたくらいの女、さぞ美形にございましょうな」

「小紫は小見世の抱えにございましたが客筋の悪くない楼にございましてな、お職から二番目の稼ぎ頭にございました。顔立ちは顎が尖った細面が愛らしく肌理が細かくてしっとりしていることで、客に人気を得ていたようです。吉原に入って覚えた三味線はなかなかの腕前にございましたよ」

次右衛門がうんうんと頷き、

「吉原の、もしその女郎さんがこの界隈で見かけられた女と同じとなれば、どうなさるおつもりにございますな」

とさらに問うた。

囲炉裏端の客は仙右衛門と幹次郎だけだ。他の客に聞かれる心配はなかった。

「土地のお役人の手を煩わし、ともかく吉原に連れ戻すことになりましょうな」

「小紫さんには楼に未だ借財が残っていたわけですな。いくらにございましょう」

「その値を聞いてどうなさるおつもりですか」

「もしやその金子を肩代わりするような奇特な方がおられぬとも限りません」

「そのお方とは旦那にございますか」

「まさか、これはただの問いにございますよ」

「残った金子を肩代わりしたところで小紫をわっしらはどうしても江戸に連れ戻す役目を負わされていますのさ」

「格別な曰くがございますので」

仙右衛門が迷った顔つきで幹次郎を見た。

幹次郎は小さく頷いた。それしか次右衛門の協力を得られる手立てはないと思われたからだ。

「旦那、一切合財、わっしらの手の内を明かしましょう」

と前置きした仙右衛門が、小紫の爺様と妹が再建中の吉原に紛れ込んでおこうの回向をして回ったことから、畳職人の鉄次が江ノ島で小紫らしい女を見かけたこと、小紫と思われていた焼死体が黒湯の女衆お六らしいと判明したこと、さらには小紫の爺様が藤沢宿の伝馬会所に妹おみよを禿に出した代金から二十五両を送りつけようとしたことなどを語った。

次右衛門の顔つきが段々と険しさを増して、仙右衛門が話を終えたとき、

「なんともこれは厄介な」

と唸り声を上げた。

「次右衛門の旦那の口ぶりでは、小紫に当てがありそうですね、聞かしてもらえましょうか」

「もう一度念を押しますが、小紫は足抜したばかりじゃのうて、湯屋の女衆を身代わりに立てた罪咎の疑いがあるのでございますな」

「旦那、火事騒ぎの中、偶さか小紫の打掛を着てお六が焼死したとは思えないんで」

「吉原の、小紫という女郎さんは足抜したさにお六さんを殺したと言いなさるのですね」

いかにもさようでございます、と仙右衛門が言い切った。

「う、うーん」

と次右衛門が頭を抱えるようにして唸った。

「わっしらはすべて手の内を明かしたのでございますよ。旦那、話してもらえますね」

仙右衛門がひたっと次右衛門を睨んで迫った。

「話します、それしか道はないようですからね」

次右衛門は自ら淹れた茶を喫して喉を潤した。

「一年も前のことになりましょうかな。渋皮の剝けた女が島に渡ってきましてな、いきなり三味線の爪弾きで流しを始めましたので。一文字笠の下の顔を手拭いで覆っておりましたが、はい、土地の女と違い、白くて美形なのは手拭いなどでは隠し切れません。また三味線の爪弾きも粋で、声も悪くない。うちに泊まっていたお客様が座敷に呼ばれましたがな、遠慮したのか、旅籠前の路地から、客の注文に応じておりました。へえ、たちまち三味線弾きの女は島の評判になりました。暮れ六つ時分に弁天橋を渡ってくる女を楽しみにする客も増えたころ、腰越の伝五兵衛親分の子分どもがやってきて、橋を渡ってきた三味線弾きの女を、だれに断わってうちの親分の縄張り内で商売をしているのだと、連れていったのでございますよ」

「腰越の伝五兵衛とは、シラスの網元の親分にございますな」

「ご存じでしたか」

「藤沢宿の孝兵衛さんから名を聞きましたので」

仙右衛門の返答に頷いた次右衛門が、

「島の守り神様、弁才天は雨乞いの御利益のほか、音曲と芸事の守護神として崇められていましてな。裸弁天は琵琶を抱えた姿でございまして、ために検校、歌舞伎役者などの守り神として信仰を集めてまいりました。だれ言うとはなく暮れ六つの女は弁天様の生まれ変わりと信じられた矢先にシラスの親分がちょっかいを出してきた。これでおせいさんの姿は見納め、と私らが諦め始めたころ、おせいさんは島にふたたび姿を見せたのでございますよ」

「おせい、とこちらでは名乗っておりましたか」

頷いた次右衛門が、

「どうやら腰越の伝五兵衛親分と話がついたらしく売上げの半分をみかじめ料として支払う約束で許されたそうな。仕事を終えて弁天橋を渡って帰るおせいさんを、橋の向こうで子分らが待ち受けておりましたよ」

「次右衛門の旦那、おせいは独りでこの界隈に現れたのでございますか」

「島の皆も暮れ六つの女が独り者であるわけもあるまい、いや、弁天様の生まれ変わりゆえ独り身だとか口さがなく噂をしておりましてな。客の中には橋を渡って、どこぞに戻るおせいさんを尾けた者もいたようですがな、七里ヶ浜辺りに差しかかると、雨が急に降り出すそうな」

「弁天様は雨乞いの神様でしたな」

「いかにもさようです。そんなふうに雨が降り出す最中、おせいさんの姿がふうっと消えたり、それを強引に捜そうとすると後ろ襟を掴まれて転がされたりするんだそうで、やっぱりおせいさんは弁天様の生まれ変わりという噂が流れて、以来、いたずらする者はいなくなりました」

「独り身でしたか」

「吉原の、話を先に進めないでくださいな」

「おっと、これはしくじった」

「伝五兵衛親分もおせいさんに気があったとみえて、あれこれと呼びつけては懇ろになろうと口説いたり、脅したりしたようです。あるとき、鎌倉の茶屋の座敷に呼んで、迫ろうとしたところ、その場におせいではなく、芝居の大星由良之助のような苦み走った男が現れましてな、伝五兵衛親分に脇差を突きつけて、変な真似をしやがると喉首掻き斬ると脅したそうな」

「ほう、やっぱりおせい、いや、おこうには足抜を助けた相棒がおりましたか」

「吉原の、私どもは未だおせいさんを弁天様の生まれ変わりと思うておりましてな、その由良之助も弁天様の警固方と考えておりますのさ」

「経緯が経緯、致し方ございますまい」

「伝五兵衛の前に現れた由良之助とおせいさんが同座した瞬間は一瞬たりともないそうで、おせいさんと由良之助は同じ人物と噂が出たりしたころ、由良之助の正体が知れました、今から半年も前のことですよ」

「ほう」

「元小田原藩根府川関所の下役人で三年も前に関所破りをしようとした若い女を手籠めにしたとかしないとか、それがばれそうになって小田原藩を抜けた佐野謙三郎ってお方でした。歳は三十一、身の丈は六尺（約百八十二センチ）豊か、これがまた面つきがいいんだそうで」

仙右衛門が幹次郎を顧みた。

「小紫の周りにはそのような客はおりませんでしたな」

「武家はいたが勤番侍ばかりで、歳もかなり上の者ばかりでした」

「どこでどう小紫は佐野謙三郎と知り合ったのか」

ふたりにとって謎だらけの佐野謙三郎の出現だった。

「ふたりが一緒に暮らしているのはたしかなんですな」

仙右衛門が次右衛門に念を押した。

「七里ヶ浜の漁師の十郎兵衛の納屋を借り受けて住んでおるようです。三味線弾きの仕事がないときはときに土産物屋の手伝いも致します。おそらく江戸の方にはそのとき見られたのでしょうな」

と応じた次右衛門は、

「最前の話ですがな、根府川関所で同僚だった内海様と申される大久保家の下士が鎌倉八幡宮にお参りに行かれて、偶然にもおせいさんと一緒にいる佐野謙三郎を認めたのでございますよ。佐野は実に幸せそうな様子であったと申します」

「弁天様の警固方の身許が知れたについて、小田原藩でなにか動かれましたか」

「それです。藩でも佐野に弱みを握られているらしく、まあ、ただ今のところ見逃しておられますので」

「さて、小紫の、いやさ、ここではおせいと名乗っておりましたな。暮れ六つの女、今でも島に姿を見せますか」

「およそこのひと月、来たり来なかったりで、どうもそれまでのような熱心さに欠けておりますので」

「つまりは鉄次さんに見られて以後のことだ」

「はい」

「次右衛門の旦那、すべてはおせいと名乗る女が吉原の小紫が足抜し身を偽った姿だと示しておりませぬか」

「できることなれば暮れ六つの女は、弁天様の生まれ変わりであり続けてくれたほうが島にとっては好都合なんですがね、どうもこちらの勝手にはいかないようだ」

「今日にも小紫の手に二十五両が落ちたら、ふたりはどこぞに高飛び致しましょうな」

と言うと囲炉裏端から仙右衛門が立ち上がり、

「七里ヶ浜に参られますので」

と次右衛門が問うた。

「これがわっしらの御用にございます」

仙右衛門がきっぱりと言い切った。

次右衛門の視線が幹次郎の顔を見た。

「佐野謙三郎にございますがな、今どきの侍には珍しく居合術の達人にございますそうで。家中でも謙三郎の居合は格別と恐れられたほどの腕前にございます」

「相分かりました。あれこれと造作をかけましたな」
と礼を述べた幹次郎は傍らの剣を摑んで立ち上がった。

相模湾に面した小動岬と稲村ヶ崎の間は一里に満たない浜だった。それを七里ヶ浜と呼ぶのは、鎌倉時代、六丁（約六百五十五メートル）が一里であったことからというが、六丁を一里にしてもまだ短い浜だった。

島を出た仙右衛門と幹次郎は一気に七里ヶ浜に着いた。

刻限は五つ半（午前九時）か。

沖合になにを獲っているのか漁り舟が三角帆を立てて漁をしていた。

浜で網を繕う老人に十郎兵衛の家を問うと、浜から見上げる小高い丘を指した。

「おまえさん方も伝五兵衛親分の助っ人か」

「老人、わっしらは江戸からおせいさんに用があって来た者だ。腰越の伝五兵衛とおせいの間になんぞ悶着があったか」

ふうーん

と年寄りが仙右衛門の言葉に気のない返事をした。

「昨夕のことだ。シラスの親分の子分どもが十郎兵衛さんの納屋を訪ねてよ、佐野の旦那と争いになったと思え」

「ほう、それで」

「佐野の旦那が棒切れ振り回して、シラスの親分の子分どもを叩きのめして追い返した。面目を潰された伝五兵衛親分が用心棒らを従えて、四半刻も前に十郎兵衛の納屋に押しかけたぞ」

「神守様、わっしらも見物に行きましょうかな」

仙右衛門の言葉に幹次郎らは浜から鬱蒼とした林を抜ける道を辿って十郎兵衛の納屋を目指した。

急な山道を上がると視界が開けた。

相模湾が眼下に広がり、昨夜泊まった江ノ島も望めた。だが、夕方望めた富士山は雲の向こうに姿を隠していた。

幹次郎らが海を見ながら手拭いで汗を拭っていると、背中で人の気配がした。

振り返るとあばた面の大男がふたりを睨んでいた。その左右には浪人者がふたり、子分が七、八人いた。

「おまえらは何者だ」

あばた面が仙右衛門と幹次郎に訊いた。綿入れから生シラスの匂いが漂ってきた。

「江戸から来た者だ」

「鎌倉でもねえ、江ノ島でもねえ。なんにもねえところになにしに来た」

「シラスの親分、ちょいと用事があってね」

「用事だと、だれにだ」

「おまえさんと一緒のようだ」

「なにっ、佐野謙三郎とおせいに用事だと。てめえら、何者だ」

「シラスの親分、吉原って遊び場を承知かえ」

「天下御免の色里だろうが」

「シラス臭くても吉原を承知か。おれたちは吉原会所の者だ」

「なにを」

と子分のひとりが仙右衛門の前に迫ってきて、

「吉原だか、会所だか知らねえが、腰越の伝五兵衛親分には通じない話なんだよ」

と張り手で仙右衛門の頬げたを殴りつけようとした。

仙右衛門の片足が蹴り出されて、相手の股間を強打した。

「あ、い、いたた」

と身を飛び上がらせた相手がその場を、
ぴょんぴょん
はね回った。

「畜生、許せねえ」

と伝五兵衛が子分に下知した。すると番頭格か、中年の代貸が、

「親分、あいつら、逃がしていいんですかえ。鎌倉で銭を受け取ったら、どこへ飛ぶか知れたもんじゃございませんぜ」

と諫めるように言った。

「くそっ、命冥加な野郎だがこたびだけは許してやる」

と伝五兵衛が仙右衛門に吐き捨てると、山道を浜へと駆け下っていった。

「なにやら動きがありそうだ」

「番方、それがしがあやつらのあとを尾けよう。番方は十郎兵衛の納屋でなにがあったか、問い質されてはいかがか」

「二手に分かれますか。鎌倉で落ち合う先は鶴岡八幡宮の石段下でどうでござ

いますな」

「相分かった」

と返事をした幹次郎は、伝五兵衛親分の一行を追って山道を駆け下りていった。

四

幹次郎は、十人ほどの腰越の伝五兵衛一家を稲村ヶ崎で相模湾に流れ込む極楽寺川で捉えた。

仙右衛門が股間を蹴り上げた子分は途中で脱落したか、大男の伝五兵衛親分を囲むように、

わっせわっせ

と走っていくのだから、尾行はそう難しいことではなかった。なにしろ一家は佐野謙三郎と小紫にしか関心がなかった。後ろからだれか追ってくるかなんて考えてもいない様子だった。

海を離れて山に分け入ると急に視界が狭まった。

幹次郎にとって初めての鎌倉だった。どこをどう行くのか見当もつかなかった。

ふいに山門の前に出た。だが、伝五兵衛一家は見向きもせずに通り過ぎた。

幹次郎は山門に書かれた極楽寺の名を読んで通り過ぎた。

古くは、

「鎌府（れんぷ）」

と呼ばれた鎌倉は鎌倉七口（ななくち）と称されて、どの街道から入るにも七つの切通しのどれかを抜けるしかなかった。ために防御がし易（やす）い古都（こと）でもあった。

そんな切通しのひとつを、わっせわっせと抜けた連中は下り坂に差しかかり、行く手の緑の重なりの中にちらほらと寺社の甍（いらか）が見えてきた。

ふいに賑やかな大路（おおじ）に出た。

そこで伝五兵衛一家は足を止め、伝五兵衛は三人ほどの子分を先行させると自分たちは息を整えるためか、歩調を緩めて先行の者たちを追った。

幹次郎は伝五兵衛一行が大きな道を左に曲がるのを見て、急ぎ間合を詰めた。

そして、大路に出て、

「ほう、ここがかの有名な六大路のひとつ、若宮（わかみや）大路か」

と思わず呟いていた。

由比ヶ浜（ゆいがはま）から北に向かい、鶴岡八幡宮に向かって一本の大路が延びている。それが若宮大路とさすがに幹次郎も承知していた。

ついでに言う。

鎌倉を碁盤目状に結んだ六大路の残り五つとは、小町大路、今大路、横大路、大町大路、そして、車大路である。

伝五兵衛一家は若宮大路を鶴岡八幡宮の表参道に向かって参拝客を蹴散らすように進んでいく。

幹次郎は若宮大路の繁栄ぶりを横目に見ながら、伝五兵衛一家を追った。

先を行く一家は八幡宮前の大鳥居の前で右に折れた。

大鳥居の前を左に折れれば鎌倉街道に通じ、右に進めば金沢街道と結ばれた。

金沢街道へと道を一丁（約百九メートル）ほど進んだところで伝五兵衛の足が止まり、一行は左手に広がる森の陰に身を隠した。

鶴岡八幡宮の源平池を囲む森だった。

幹次郎も木の陰に身を潜めて伝五兵衛の視線の先を見た。先行した子分三人の姿があったが、その背が緊張していた。

幹次郎は伝五兵衛の本隊との間を詰めた。すると、

「手間をかけさせやがったが、佐野とおせいを見つけたぜ」

という胴間声(どうまごえ)が木立の向こうから聞こえてきた。

「親分、おせいって女、いいタマですぜ。親分を騙してさ、まんまと五十両をせしめやがった」

と代貸らしい声が応じていた。

「いまいましいったらありゃしねえ。佐野からおれに乗り換えるなんて抜かしやがって、銭だけ持って逃げようなんてふてえ女(あま)っ子だぜ」

「親分、あいつら、どこへ逃げようってんですかね」

「おせいは江戸生まれと抜かしたがありゃ江戸者じゃねえ。上州(じょうしゅう)辺りの在所の出だ」

と伝五兵衛が答え、おおっ、と驚きの声を発した。

幹次郎も見ていた。

旅仕度の男女が手に手を取って姿を見せた。

塗笠に道中羽織、裁(た)っ付け袴(ばかま)と草鞋がけ、腰に大小を手挟(たばさ)む男の姿は屋敷奉公の侍に見えないことはない。女のほうは菅笠(すげがさ)に白い手甲脚絆(てっこうきゃはん)姿も凛々(りり)しく、背に紫の布に包まれた三味線を負い、手に竹杖を持っていた。

「佐野謙三郎とおせいめ、おれの目の届かないところに高飛びする気だな。そうはさせるものか」

幹次郎も小紫の、遠目にも白い顔と項を見ていた。どことなくおみよと風姿が似通っていなくもない。

幹次郎の傍らに気配もなく人影が立った。

振り向くまでもなく仙右衛門だった。

「小紫の姿を捉えましたな」

「やはり小紫ですか」

「間違いございませんや。昨日、十郎兵衛方に江戸から飛脚便が届いたそうな。又造爺め、わっしらをまんまと騙しておみよの身売りの金から二十五両を姉の小紫に闇為替で送っておりましたんで。小紫は藤沢宿で受け取るか、あるいは神奈川宿辺りか。野地蔵なんぞ負ってきやがって、好々爺然とした又造に一杯食わされましたぜ」

「番方、小紫は伝五兵衛がべた惚れをよいことに佐野謙三郎から鞍替えすると騙して五十両をせしめて逃げた様子だ。着のみ着のままで逃げればよいものを、鎌倉の古着屋で旅仕度を整えて、伝五兵衛一家に尻尾を捕まえられた」

「考え過ぎましたな。あの仕度は古着屋で購ったものですかえ」

佐野謙三郎と小紫は金沢街道に向かって歩いていく。

先行していた伝五兵衛の子分三人の姿は見えず、その代わりに伝五兵衛親分らの本隊が半丁（約五十五メートル）ほどあとを追い、さらにその半丁後ろを仙右衛門と幹次郎が尾行していった。

「やはりひと月半も前、江ノ島で鉄次に姿を見られた小紫は動転して十郎兵衛方に戻ってきたそうな。十郎兵衛が言うにはこの一年余で佐野と小紫は、なんとか暮らしが立つようになっていたそうなんで。佐野は十郎兵衛の舟に乗って漁の手伝いなんぞをし、小紫は鎌倉やら江ノ島を三味線片手に流しをすれば、なんとかふたりが暮らしを続ける程度の稼ぎになっていた。だが、鉄次に生きている姿を見られた。この暮らしを捨てて、ふたたび旅に戻るには纏まった金がいる。悩んだ末に小紫は結城の実家に頼った様子、こいつはわっしらの推測の通りだ。小紫は十数日も前から江戸から飛脚が届くことを待ち侘びていたそうな」

「番方、小紫は伝五兵衛を騙して自ら窮地に立たされておる」

「すべては天明七年十一月の吉原の火事騒ぎを利して、お六を犠牲にして自分だけ足抜しようと考えた浅慮から発したこってすよ」

佐野謙三郎と小紫は、天台宗金龍山宝戒寺の門前を金沢街道に向かって左に折れようとして足を不意に止めた。そして、佐野が小紫の手を引き、後ずさりした。

「おせい、なかなかやってくれるじゃねえか。江戸から二十五両が届かないせいか、この腰越の伝五兵衛もおめえの悪知恵に騙されたぜ」

と後ずさりするふたりに伝五兵衛が横手から声をかけた。

はっ！

とした小紫の顔が伝五兵衛を顧みたせいで、幹次郎らも小紫の顔を正面から見た。

恐怖に歪んでいた顔が紅潮し、居直ったようにふてぶてしさを漂わせたものに変わった。

「おまえさん、どうするね」

「逃げるさ」

佐野謙三郎が応じて宝戒寺の境内へと向かった。それを伝五兵衛一家が追いつめていった。

佐野謙三郎は梅林の前で足を止めた。

遅咲きの梅の花から芳香が漂い、鎌倉の町中より一層の静寂が寺の境内を支配していた。

「おせい、逃がすもんじゃねえ」

「シラスの親分、こっちには逃げなきゃあならない理由があるんですよ」

「理屈は知らねえ。だがな、おれを虚仮にして五十両まで騙し取ったのは許せねえ」

「五十両がおまえさんの命代と思いなさい。安いものですよ」

「なんだと！　うちには用心棒の先生方がおられるのだ」

ふうん、と小さな鼻先でせせら笑った小紫が、

「おまえさん」

と佐野謙三郎に命じた。

「よかろう」

佐野謙三郎が刀の柄袋を抜き捨てると、伝五兵衛の用心棒侍ふたりに向き合った。

腰越の親分の用心棒侍も修羅場を潜って生き抜いてきた餓狼だった。それに比して、佐野謙三郎の外姿からは、血に染まって生きてきた様子は見られなかった。

「この場は五十両を騙し取られた伝五兵衛一家に花を持たせますか」

と宝戒寺の山門下に身を潜めた仙右衛門が幹次郎に言いかけ、幹次郎は首肯した。

「それにしても佐野謙三郎と小紫、似合いの悪党ですぜ。あやつと小紫がどこでどう知り合ったのか」

「一見、清々しささえ感じられるのはどういうことかな、番方」

「世間には稀ですがね、他人の生き血を啜っているような悪鬼羅刹でも外面は爽やかってのがいるんですよ」

吉原で海千山千の男女を見てきた仙右衛門が言った。

そのとき、佐野謙三郎の腰が沈んで、ふたりの用心棒を下から睨み据えた。

その佐野を見下すように用心棒侍のひとりは八双に、もうひとりが脇構えに剣を置いた。

間合は一間。

幹次郎は佐野の背後に控える、小紫ことおこうの顔を見ていた。

白く透き通った肌に、ぽおっと赤みが差して、小紫の興奮を示していた。だが、最前見せた恐怖心など微塵も感じ取れなかった。

「先生方、人が来ては厄介だ。ひと息にやっちまいなせえ」

と伝五兵衛が命じ、

「世間を知らない男はしようがないね」

と小紫が吐き捨てた。

「なにを抜かすか。あとで泣きっ面を見せて許してくださいなんておれに願ったって、そんときはもう遅いぜ、おせい」

「へんだ」

小紫の声に用心棒侍ふたりが同時に仕掛けた。

佐野謙三郎も低い姿勢から踏み込んだ。

幹次郎は見ていた。

佐野の体が左の用心棒侍に向かって飛び、拳が腹前を流れたと思うと八双から斬り下ろす相手の胴を一気に抜き上げた刃が深々と両断し、その流れの中で刃を右方向に転じると脇構えの攻めの相手の切っ先に、
ちゃりん
と合わせて弾いた。そして、迅速に転じさせた刃風がふたり目の用心棒侍の胴を襲って斬り割っていた。

胴を抜かれたふたりはなにが起こったか分からぬ様子でその場に立ち竦んでい

たが、どさりどさりと斃れていった。

一瞬の早業にその場の全員が息を呑んで凍りついた。

ふうっ
と息を吐いた佐野謙三郎の切っ先がゆっくりと腰越の伝五兵衛に向けられた。

「あわあわ、わ」

と伝五兵衛が驚きと恐怖に気が動転して、意味不明な叫びを上げた。

「わしの女房に手出しをした代償にしては五十両なんて安いものだ」

「小紫が美人局を伝五兵衛相手に仕掛けたか」

と仙右衛門が呟いた。

「一度はいい思いをしたんだ。それで諦めればいいものを」

と言いながら佐野謙三郎がぐいっと伝五兵衛に迫った。

「や、野郎ども、こいつを叩き斬れ」

伝五兵衛が命じたが、佐野の腕を見せられた子分たちは尻ごみして後ずさっていった。

「用心棒と一緒に三途の川を渡るのは伝五兵衛、おまえひとりだ」

佐野がさらに伝五兵衛に迫ってきた。

「い、命ばかりは助けてくんな。五十両は餞別代わりにくれてやる」

「親分、気づくのがちょいとばかり遅かったよ」

と応じた小紫が佐野謙三郎に、

「おまえさん、殺ってしまいな」

と命じた。

そのとき、仙右衛門が宝戒寺の山門の背後から出ると、

「小紫、てめえの爺様にすっかり騙されたぜ」

と言い放った。

「ば、番方」

小紫の視線が仙右衛門の背後の神守幹次郎にいった。

「吉原裏同心までもが」

と呟くと絶望の眼差しに変えた。

「だれだい、こやつら」

佐野謙三郎が小紫に訊いた。

「吉原会所の番方の仙右衛門と、会所の用心棒神守幹次郎ですよ」

ふうん

と佐野が鼻先で笑った。

「やっぱり鉄さんは私のことが分かったんだね」

「お蝶にくっ喋ったことが会所に届いたってことだよ、小紫」

「あんとき、おまえさんの言うことを聞いて鉄さんを始末しておくんだったよ」

と平然と小紫が言い放った。

「悪あがきはこれまでだ、小紫」

「悪い冗談はよしておくれよ」

ふてぶてしさを取り戻した小紫が嘯いた。そんな小紫を蔑みの眼差しで見た仙右衛門が、

「佐野謙三郎、小紫、一体全体おめえらはどこでどう知り合ったえ。おめえの馴染に佐野謙三郎なんて、元小田原藩根府川関所の番役人はいなかったがね」

と訊いた。

幹次郎にとっても大きな謎だった。

ふっふっふ

と小紫が笑った。

「おまえさん方、どこまで承知なんでございますか」

「火事の夜のことか。おめえが黒湯の下女のお六を騙して一緒に逃げ出そうとしたところまでな。火事騒ぎから数月後、池の中から打掛を着た女の焼死体が見つかり、会所も花伊勢の連中もついおめえと見間違えて骸を浄閑寺に葬ったぜ。おめえは、どこの時点でお六を身代わりにして足抜しようと考えたえ」

「番方、逃げ惑う中でふいに思いついたんですよ。私たちが池の端に追い込まれて、どうにもならない羽目に陥っていた折りのことですよ」

「初めて吉原を訪ねたわしもあの場に紛れ込んでおった」

と言い出したのは佐野謙三郎だ。

「炎の向こうで女が打掛を着た女の胸を簪の先で突き刺し、炎の中に押し倒したのが見えた」

「なんてことを」

と仙右衛門が呟いた。

「わしは炎に浮かんだおこうの横顔に一瞬にして惚れてしまったのだ。炎をものともせず、おこうに声をかけて、『その女の死体を池に投げ入れよ』と知恵を授けると燃え盛る亡骸を引きずって、池に放り込んだ。そして、わしがおこうの手を引いて、逃げ出した。どこをどう逃げたのか知らぬ。わしもおこうも江戸に馴染みがないでな、数日後、わしらは川崎宿から東海道を小田原へと目指していた……」

「鉄さんが江ノ島でおめえを見かけねえかぎり、わっしらは池で上がった女を小紫と思うてましたぜ、天網恢恢疎にして漏らさずってのはほんとうのことなんですね」

と仙右衛門が言い、

「小紫、大人しく吉原にわっしらと戻るかい」

「やなこってすよ、番方」

小紫の言葉に佐野謙三郎が血に濡れた刀の切っ先を幹次郎に突きつけた。

「そなたの相手はそれがしが致そう」

「吉原には会所という自身番があって用心棒がいるとおこうに聞いてはいたが、その者と刃を合わせようとはな」

「そなたの居合を見せてもろうた」

幹次郎はふたりの間に転がるふたつの亡骸に視線をやった。

「居合は鞘の中勝負、戻されよ」

「ほう」

佐野謙三郎と幹次郎は宝戒寺境内の参道で間合半間（約〇・九メートル）で向き合った。

幹次郎の背後には仙右衛門が、佐野の後ろに小紫ことおこうがいた。そして、ふたりの勝負を伝五兵衛がなぜか見ていた。

「そなた、抜かぬのか」

と佐野が幹次郎の態度を訝り、言った。

「それがしも居合で応対しよう」

「なにっ、そなたも居合を遣うとな。流儀はいかに」

「加賀国湯涌谷の人、戸田眼志斎様が創始された眼志流でな、それがしが手ほどきを受けたは、小早川彦内と申される老剣客にござった。佐野謙三郎どのは林崎夢想流か」

「もはや問答無用」

佐野謙三郎の腰が沈んだ。

幹次郎はただ静かに立っていた。そして、左手を鞘元に添え、刀を寝かせた。

佐野の目がぎらぎらと光って、

ふわり

と右の拳が動くと同時に踏み込んできた。
幹次郎も春の野に漂う霞の風情で右手がゆっくりと柄に掛かった。
ほぼ同時にふたつの刃が抜かれて光になった。
ああっ
と小紫が悲鳴を上げた。
幹次郎は脇腹に流れるように迫る刃を感じながら斜めに斬り上げていた。
胴を襲う刃。
喉を斬り上げる切っ先。
一瞬早く幹次郎の藤原兼定の切っ先が、
ぱあっ
と佐野謙三郎の喉を斬り裂いて、血飛沫と一緒に体を横手に転がしていた。
「横霞み」
幹次郎の口からこの言葉が漏れて、
「畜生！」
と叫びながら、小紫が幹次郎の胸に髷から抜いた簪を振りかざして突っ込んできた。

仙右衛門が旋風のように動いた。小紫の前に身を投げ出すように立ち塞がると懐に呑んでいた匕首を心臓に突き立てた。

うっ

と呻いて立ち竦んだ小紫が、

「爺様」

と呟くと佐野謙三郎の斃れた傍らに転がった。

「おっ魂消た」

と伝五兵衛が呆然として呟き、血に濡れた匕首を鞘に戻した仙右衛門が、

「シラスの親分、この後始末、手伝うてもらおうか」

と言いかけた。

第三章　小頭の災難

一

三ノ輪の投込寺浄閑寺に読経の声が流れていた。

無縁墓地の前で住職が経を読み、その背後に吉原会所の七代目頭取四郎兵衛、花伊勢の主夫婦の佐兵衛におきち、抱え女郎のお蝶、その傍らには嬉しさを隠し切れない畳職人の鉄次、加賀湯の釜焚きの秀吉、番方の仙右衛門に神守幹次郎らの姿があった。

江ノ島の旅から戻った仙右衛門と幹次郎の報告を受けた四郎兵衛が、腕組みしてしばし沈思していたが、

「お六の弔いを改めて浄閑寺でやろうかね、打掛に惑わされてお六を小紫として

葬ったは、私どもの大きな間違いでした」

と潔く認め、お六や小紫に関わりがあった人々にその旨が知らされた。

読経の中に泣き声が混じった。

黒湯で朋輩だった秀吉がすすり泣く声だった。

読経は四半刻ほど続き、座を浄閑寺の庫裏に移した。そこには会所が料理茶屋山口巴屋に誂えさせた膳と酒が用意されていた。

「皆さん、よう集まっていただきました。これでお六の霊も迷うことなく成仏致しましょう」

と四郎兵衛が口火を切ると、

「七代目、小紫がお六を手にかけてまで生き延びていたなんて、信じられませんよ。いや、鉄さんの話があったからね、頭では生きているんじゃないかと考えてはいましたがね、それほどしたたかな女だったかとさ、ただただ驚いてます」

と花伊勢の佐兵衛が応じた。

「だからさ、おれが言ったろ。島で見かけた女は小紫だって。だけどよ、お蝶だって信じないんだから」

どこか晴れやかな顔の鉄次が言った。

「鉄さん、御免ね。だれもがさ、そんなこと聞かされてもまさかと思うじゃないか」

「これですっきりしたぜ」

と鉄次がお蝶の言葉を受け、

「小紫は小伝馬町の牢ですかい」

と訊いた。

この場の全員が小紫の逃亡劇や鎌倉の宝戒寺の戦いの詳細を知らされているわけではなかった。

「番方、ご一統様に鎌倉での始末の話をなされ」

四郎兵衛が命じ、頷いた仙右衛門が江ノ島や鎌倉での出来事を手際よく告げた。

話を聞き終わった一座は重苦しい雰囲気に包まれた。

長い沈黙のあと、

「お六の仇を会所が討ってくれたんだね」

と秀吉が仙右衛門に念を押した。

曖昧に仙右衛門が首肯し、花伊勢のおきちが、

「正直、江戸にさ、お縄の身の小紫が連れ戻されるのを見るのは忍びなかったよ。

いえ、小紫はお六さんを手に掛けた極悪人です、裁きは受けねばなりません。でもね、一緒の釜の飯を食べた者には辛いことでしたよ」

としみじみと漏らした。

「そいつを分かっていなさるから、番方がけりをつけたんだね」

「鉄次さん、それは違う。神守様は佐野謙三郎との戦いに没頭なされていた、その隙をついて小紫がお六を突き殺したように簪で神守様を刺そうとしたからさ、夢中で匕首を振るった、それだけのことですよ」

「番方、そう聞いておきましょうかね。会所だって小紫をお白洲に晒したくなかったのでしょうが」

と佐兵衛が言い募った。

「いえ、ありゃ、咄嗟のことでした。だから鎌倉の地役人衆もわっしらのしたことを認めてくれたんで」

仙右衛門が何日もかかった鎌倉での後始末にさらりと触れた。

佐野謙三郎と小紫ことおこうの亡骸を積極的に始末したのは腰越の伝五兵衛親分であった。

用心棒侍ふたりを一瞬の早業で斃した佐野に伝五兵衛は殺されかけた。

その窮地を救ったのは神守幹次郎の眼志流の技であった。

そのことに恩義を感じた伝五兵衛が鎌倉から江ノ島じゅうを走り回って、地役人に取り入り、元小田原藩根府川関所の番士であった佐野謙三郎と吉原を足抜してまで生きていたおこうの始末、

「致し方なし」

との沙汰を取りつけてくれたのだ。

ために仙右衛門も幹次郎もさほどの面倒に巻き込まれることなく、ふたりの亡骸を宝戒寺に葬って江戸に帰着できたのであった。

「まあ、小紫は当然の裁きを受けたのです。番方、神守様、お礼を申しますよ」

佐兵衛が仙右衛門と幹次郎の労に報いんと徳利を差し出して酒を注いだ。

「なんにしてもお六の無念が晴らされてよかった」

秀吉が手酌で杯に酒を注ぎ、お六の霊に捧げるように目の高さまで上げてその酒をゆっくりと呑み干した。

小紫の足抜騒ぎはだれの心にも釈然としない想いを残していた。

又造とおみよの存在だ。

「七代目、まさかおみよまで姉が生きていたことを承知で、吉原に身を落とそう

と考えたわけではありますまいね」

佐兵衛が一座を代表して訊いた。

「佐兵衛さん、どう思いなさる」

「私ら、おみよを見てないからね、なんとも言えないよ」

「おみよを直に承知の私どもだって、判断に迷ってますのさ」

「どうしなさる気だね」

「玉藻とも話しました。しばらく小紫のことはおみよには伏せておこうと思います」

「それがいいかもしれないね」

「そこでご一統様にお願いです。仙右衛門と神守様の江ノ島行、浄閑寺の門を出たら忘れてはくれませんか。奇妙な噂が立てばおみよの今後に差し障りが出ます」

「いかにもさよう、よいですな、ご一統様」

四郎兵衛の言葉を受けた佐兵衛がさらに念を押して、一座の者が頷いた。

斎の場が終わりに近づいたとき、四郎兵衛が言い出した。

「小紫の爺様の又造は旅籠町から闇為替二十五両をたしかに藤沢宿の伝馬会所に

送っておりました。その書付が小紫の懐にございましたそうな。そこで番方と神守様が藤沢に立ち寄り、書付を差し出した上で事情を話して二十五両を回収してきました」

と懐から袱紗に包んだ二十五両の包金を膝の前に置いた。

「本来、この金はおみよが禿として売られるお代の一部にございます。又造か、おみよに返すべき金子です」

「七代目、今更こんな話はしたくはないが、小紫にはまだ借財が残ってございました。いえ、私どもはあの夜に焼死したと思えばこそ、小紫の命と引き換えに棒引きに致しました。生きていたとなれば話は別だ」

「佐兵衛さん、花伊勢が頂戴したいと言いなさるか」

「七代目、それほど阿漕な佐兵衛ではございませんよ。ただね、小紫が生きていたことを承知で策を弄した又造に戻すのは、なんだか盗人に追い銭のような気がしてね、得心できませんのさ」

「そこです、佐兵衛さん」

四郎兵衛が袱紗包みをすいっと佐兵衛の前に差し出した。

「小紫が生きていたことを私どもに教えてくれたのは鉄次さんだ。その眼力がなければ小紫は江ノ島界隈でのうのうと佐野謙三郎と暮らしていたはずだ。こたびの功績は鉄次さんだ」

「おれはなにも」

「まあ、鉄次さん、お聞きなさい」

と鉄次に言いかけた四郎兵衛が、

「この二十五両、お蝶さんの身請けの代金として受け取ってくれませんか、佐兵衛さん」

「おっ」

と佐兵衛が奇声を発し、ぴしゃりと自分の膝を叩いた。

「七代目、できたよ。これで胸のつかえが下りるよ」

「受け取ってくれますか」

「受け取るもなにもこちらがお礼を申し上げたいくらいだ。なあ、おきち」

「おまえさん、死んだ小紫もひとつくらいこの世に功徳(くどく)を残していっても罰は当たりませんよ」

「そういうことだ」

とおきちに応じた佐兵衛が、

「七代目、有難く頂戴してよろしゅうございますか」

「礼を申すのはこちらだ」

四郎兵衛と佐兵衛、おきちの会話をお蝶と鉄次が目を白黒させながら聞いていた。

「どういうことだ、お蝶」

「私にだって分からないよ」

とふたりが言い合い、

「お蝶、おまえさんはたった今、年季が明けたんだよ。もはや新しい吉原には戻ることはないんだよ」

佐兵衛が応じた。

「まさか、そんなことが」

「お蝶、仮宅に戻ったら証文は返す。鉄次さんのもとなりなんなり行くがいい」

「だ、旦那」

と叫んだお蝶の目から大粒の涙が流れ出した。

「夢みてえだが、真の話だろうな」

「鉄さん、なんなら頬べたのひとつも張ろうか」

仙右衛門の言葉に鉄次が膳を傍らに退けると、

がばっ

とその場に顔を伏せ、

「おれは甲斐性なしで今までお蝶の身請けもできなかった。足りない分はおれが親方に預けた給金を足してくだせえ」

と佐兵衛に願った。

「鉄さん、こんどばかりはいろいろと勉強させられましたよ。お蝶がおまえさんの嫁さんになってくれるなら終わりよければすべてよしだ」

お蝶と鉄次が手を取り合って泣き出し、お六の供養は終わった。

その夜、幹次郎は小頭の長吉の組に加わり仮宅の夜廻りをし、浅草寺の門前町界隈の仮宅を廻って歩いた。

桜の季節を迎えていた。

夜の闇にぼおっと桜が浮かび、ふだん見慣れた町がどこか違って幹次郎の目に映じた。

小糠雨が降り出したのは六つ半（午後七時）の刻限か。

傘の用意はなかったが、一行は菅笠を頼りに夜廻りを続けた。

東仲町の三浦屋の仮宅前に幹次郎らが差しかかったのは五つ（午後八時）の頃合であった。

雨と花冷えのせいか。

三浦屋仮宅の張見世に珍しく客がいなかった。

「おや、神守様、お珍しゅうございますね」

と薄墨太夫が張見世の奥から声をかけた。

「無沙汰をしております。花魁、ご堅固にございますか」

幹次郎も挨拶を返した。

「この節の小糠雨は体を冷やします。どうです、茶を喫していかれませぬか」

と薄墨太夫が誘ったのは素見の客がいないせいでもあった。

幹次郎は長吉を振り返った。

「神守様、今宵はどこも平穏無事と言いたいが、この冷雨では客も寄りつきませんや。茶を馳走になって参りましょうか」

と長吉が応じた。

だれもが冷たい雨に打たれて寒さを感じていたのだ。そこで薄墨太夫の招きに応じて三浦屋の暖簾を潜った。

広土間には火鉢に火が入り、鉄瓶がしゅんしゅんと音を立てていた。それを見ただけで幹次郎らはほっとして手拭いで濡れた衣服を拭った。

「神守様、こちらに」

と禿が幹次郎を招いた。

「それがしだけかな」

禿が頷き、長吉が、

「花魁の御用かもしれません、話を聞いてくださいまし」

と願った。

「座敷を濡らしはせぬかな」

禿が幹次郎を案内したのは帳場だった。その場に薄墨太夫だけがいて、幹次郎の茶を淹れていた。

「太夫、雨に体が濡れておる」

「雨の外廻りは辛(つろ)うございます。火の傍にお出でなされませ」

その口調は薄墨太夫のそれではなく、本名の加門麻(かもんあさ)のものであった。

幹次郎は長火鉢の近くに座した。

「汀女先生にお聞きしました。番方と江ノ島に参られていたそうな」

「はい」

「未だ会所では火事騒ぎの後始末に追い回されておるようですね」

「麻様、われらの江ノ島行きの曰くを承知にございますか」

本名で呼びかける幹次郎に薄墨が艶然とした笑みで応え、

「おみよさんのことを玉藻様から頼まれましたゆえ、それに関わる事情も耳打ちされました。小紫さんは生きておいでしたか」

幹次郎は頷いた。

「なんと大胆なことをしのけられたことよ」

薄墨が煎茶(せんちゃ)を淹れて幹次郎の前に供してくれた。

「馳走になります」

茶碗を取り上げる幹次郎の手に薄墨が触れて、

「あれ、冷え切っておられます」

と幹次郎の顔を見た。

「太夫、火事騒ぎの最中、いくら吉原とはいえ初めて出会った男と女が相模江ノ島まで一緒に逃れることがございましょうか」

「どのようなことにございますか」

薄墨が幹次郎の手を離して、問うた。

幹次郎は小紫の逃避行の顚末と不審を告げた。

話を聞いたあと、しばらく沈思していた薄墨が、

「逢瀬を重ねた男と女が末に一緒にならぬこともございましょう。また小紫さんのように刹那で運命を託する恋に落ちることもありましょう」

と言い切った。

幹次郎は薄墨を見た。

「あの火事の騒ぎの中、私を炎の中から助けてくれたのは神守幹次郎様にございました。もしあの折り、神守様が一緒に逃げてくれと申されれば」

「どうなされましたな」

薄墨の言葉を遮って幹次郎が問うた。

しばし迷いの風情を見せた薄墨が、

「神守様がそのような言葉を吐かれるはずもございませんが、そのような場面があったとしたら、薄墨、決心に迷うたことにございましょう」

「それが大人の判断にございます」

と答えた幹次郎は茶を喫した。

「薄墨様、おみよを禿のひとりに加えてもらえますか」

「あの娘御、末は太夫に上り詰める逸材です。私の手で育て上げてみせまする。姉の小紫と同じ道は決して歩ませませぬ」

「安心しました」

と礼を述べた幹次郎は残った茶を喫し終えた。


四つ前、小頭の長吉の組は並木町の料理茶屋山口巴屋の前に差しかかった。するとちょうど男衆らが門の軒行灯の灯りを消そうとしていた。

店先に玉藻の姿を認めた幹次郎は、

「ご挨拶に通る」

と男衆に声をかけて店先に立った。

「玉藻様、なんぞ変わりはございませぬか」

「あら、神守様。今宵は夜廻りにございますか」

「雨のせいかこの花冷えのせいか、どこもお見世は閑古鳥が鳴いておりますゆえ、騒ぎひとつございません」

と幹次郎が答え、

「遊女衆もよい骨休みになったことでしょう」

と応じた玉藻に、

「薄墨太夫にお会いして、おみよのこと聞きました」

「薄墨様もおみよを一目で気に入ったようで私の後継ぎにしてみせると申されておりましたよ」

玉藻の返事に幹次郎が頷いたところに、

「女将様」

という声がしておみよが店先に姿を見せ、幹次郎を見て、
はっ
と体を竦ませた。だが、直ぐに、

「神守様、お役目ご苦労に存じます」

と挨拶した。

「おみよ、山口巴屋様の勤めに慣れたか」

「いえ、未だご注意を受けることばかりです」

と応じるおみよは、鍋墨を塗ったお遍路姿からは想像もつかないほど変わって

いた。

「玉藻様方の申されることをよう聞いてな、江戸の暮らしに少しでも慣れておいでなされ」

「はい」

領き返した幹次郎は山口巴屋の店先から踵を返した。

二

弥生三月も十日を過ぎて再建中の妓楼、引手茶屋が完成し、次々に家具や夜具を持ち込む姿が見かけられるようになった。

むろん一番に仮宅から吉原に引っ越したのは吉原会所の面々だ。

大勢の職人や人足が出入りする最中でどのような小競り合いがあってもいけないと、七代目の頭取四郎兵衛が今戸橋の船宿牡丹屋の仮番所から吉原大門の右側の定位置に造られた会所に引っ越しを命じて、その日から新番所での警戒、見廻りが始まった。

番所には木の香りや畳表の藺草の匂いが満ち満ちて、なんとも清々しい。

坪庭に竹と梅が植えられて緑の春の日差しが降りかかり、爽やかだった。

新しい番所に引っ越した日、幹次郎は四郎兵衛に供を命ぜられ、若い衆の金次を船頭にして猪牙舟で川向こうの仮宅巡りをした。

各所に散った仮宅に引っ越しの日取りなどを知らせるのが仮宅巡りの目的だが、四郎兵衛自ら出向いた真の曰くは他にあった。

吉原の建物は各楼や各茶屋の負担で新築成った。

だが、吉原の仲之町をはじめとした五丁町、さらには四隅に鎮座する稲荷社前、蜘蛛道の奥にある天女池の端などの植栽（しょくさい）の費用を各楼に寄進（きしん）してもらおうと、四郎兵衛が奉加帳（ほうがちょう）を持参してその趣旨を説明して回ることにしたのだ。

吉原が火事で焼け出される前、百数十軒の楼や茶屋があった。これに羅生門（らしょうもん）河岸（がし）、西河岸の切見世を加えればかなりの数になった。

局見世は後回しにして、五丁町に見世を構えていた楼から訪いを始めた。

どこもが新築の普請代を払った折りだ。その上に植栽の費えをと願われても、

「七代目、直々の訪いだが、うちじゃあ鼻血も出ないよ」

と断わる楼主もいたが大半が快く、寄進してくれた。

深川に散った仮宅をほぼ回り終えたとき、暮れ六つの時鐘（ときのかね）が響いた。

「金次、舟を山谷堀に戻しなされ」

と四郎兵衛が命じ、幹次郎が、

「四郎兵衛様、お疲れ様にございました」

「なあに、白髪頭を下げるだけの話、疲れはしませんよ」

と応じた四郎兵衛が腰帯に差した煙草入れを抜いた。

幹次郎が心得て煙草盆を四郎兵衛の前に差し出そうとしたが、種火が消えていた。

「金次さん、どこか河岸に今一度舟を着けてくれませんか。火を借り受けたいでな」

「ならばわっしが提灯の灯りも一緒にもらってきますぜ」

深川門前町の蓬萊橋（ほうらいばし）下の橋杭に猪牙舟を着けた金次が、提灯を手に身軽に河岸道に上がっていった。

「頭取自らのお出ましでございます、どこもが快く寄進に応じてくれましたな」

「仮宅商売がうまく当たったところばかりではございません。それでも吉原の新しい船出だというので過分な祝儀を頂戴しました。今日半日で二十一両を超えておりましょう、上々の滑り出しです」

二十一両のうち半分ほどが現金であとは奉加帳に記入し、のちに金集めに回ることになった。

大楼や七軒茶屋などの大所は吉原近くの浅草界隈に仮宅を構えていた。

四郎兵衛はこれら大口の寄進先は後回しと考えていた。

「どれほど集めれば植栽が叶いましょうかな」

「吉原は一日一夜が勝負の町にございましょう。町家や武家屋敷のように木が育つのを何年も待つわけには参りません。見場よく育った松、桜、梅、紅葉の、それなりの歳月を経た成木古木を揃えます。となるとどうしても額がかさみます。奉加帳の額は大きければ大きいほどよい。じゃが、それはこちらの都合でございますよ」

と苦笑いしたとき、橋の上からだれかに覗かれているような気がして、幹次郎は橋を見上げた。

すると夜目にも若い女が舟を見下ろしていたが、直ぐに顔を引っ込めた。

格別吉原会所の猪牙舟を見ていたわけではないかと、幹次郎が考え直したとき、河岸道から下駄の音を響かせて女が下りてきた。

「失礼とは存じますが吉原会所の四郎兵衛様にございますよね」

と橋下に立った女が四郎兵衛に問うた。

「いかにも七代目じゃが、そなたはどなたかな」

「やっぱりそうなんだ」

と自らを得心させた女がさっさと猪牙舟の舳先から乗り込んだ。

そこへ金次が火を入れた提灯をぶら下げて戻ってきた。その灯りに女の身形(みなり)と顔が浮かんだ。

二十一、二歳か。見目麗(みめうるわ)しい女といってよかろう。だが、着ているものは木綿縞(もめんじま)で決して裕福とは思えなかった。それでも洗い晒しの木綿が却って女の清潔さを際立たせていた。

「だれです、この女」

「いきなり飛び込んでこられたのだ」

「なんですって」

と金次が呆(あき)れ声を上げ、

「こいつは乗合船じゃあござんせんよ、姉さん」

と言った。

「兄さん、失礼は承知で四郎兵衛様にお願いの筋があるの」

「おめえさん、頭取と承知で猪牙に飛び込んできなさったか」

金次はいよいよ呆れて、どうしましょうという顔で四郎兵衛を見た。

「姉さん、私どもはこれから吉原に戻るところだ。話があれば手短に願いましょうかな」

「吉原に帰るのならば好都合です、乗せていってくださいな。舟中でお願いの筋を申し上げます」

言葉つきもしっかりしていれば崩れた様子も見えなかった。

「どのような話か知らぬが、吉原から歩いて戻ることになりますぞ」

「かまいません」

女はさばさばとした口調で答えた。その物言いに潔さと明るさがあった。

「金次、舟を出せ」

と命じた四郎兵衛に、へえ、と答えた金次が提灯の灯りを、

「神守様、申し訳ねえ、煙草盆に火を移してくだせえ」

と願って差し出した。

「承知した」

提灯の火を煙草盆の種火に移し替え、舫(もや)い綱(づな)が解かれた猪牙舟は改めて蓬萊橋

下から大川に向かった。

幹次郎は猪牙舟の舳先の竹棹に提灯を吊るして元の場所に落ち着いた。

煙管で煙草を一服した四郎兵衛が、

「姉さん、まず名前を聞かせてもらいましょうか」

「深川平野町裏の薪炭商奈々屋の家作に今朝まで住んでおりましたおもよにございます」

「私の名をどこで知りなさった」

「仮宅の江木楼で四郎兵衛様が主と話をしている声を台所で聞いて、ついで出てくる姿をお見かけしました」

「それで会所の者と知りなさったか。で、江木楼には頼みごとで参られましたかな」

「はい」

「用件はなんでございましたな」

「私の身を高値で買ってほしいとお願いに参りました」

「花のお江戸でもいきなり女郎になりたいと仮宅に飛び込む人は、珍しゅうございましょうな。それで江木楼さんはどう申されました」

「身許の請け人があろうなと訊かれました」

「いくら吉原でも、どこのだれとも知らぬ者を遊女にするわけには参りませんでな、主どのが申されることは尤もな話です」

「私は困りました」

「それで私に直談判ですか。なぜ女郎になりたいのです」

「纏まった金子がいるからですよ」

「理由をお聞かせくださるか」

猪牙舟は武家方一手橋を潜り、大川河口に出ようとして揺れた。

おもよが舳先近くから四郎兵衛のほうににじり寄った。

「一年ほど前、建具職人と夫婦になりまして、奈々屋の裏長屋に住まいを始めました。まあ貧しいながらも幸せな暮らしでございました。ところが三月もすると亭主が賭場通いを始めて、直ぐに借財を作り、胴元といざこざの上に喧嘩沙汰を起こして、胴元の用心棒に腹を抉られてあっさり亡くなりましたので」

「それはお気の毒な」

と応じる四郎兵衛の声音は、半分ほどもおもよの話を信じていない様子だった。

「亭主には母親があって近くで独り暮らしをしておりまして、倅が死んだのを聞いて持病の疝気がひどくなりました。医師の診療どころか薬代にも困るようになりましたので。亭主のおっ母さんですが、嫁の私にはよくしてくれました。できることなれば、なんとか金の苦労をさせずに医師の治療を受けさせたいと思いました」

「感心な話ですな。それにしても苦界に身を沈めようとは大胆な思いつきでございますな」

「私は女郎さんがどんな暮らしぶりか知りません。でも、一年も前から深川にも吉原が引っ越してきて、賑やかに商売をやっているのを見たら、私にもできるかなと思ったんです」

「どのような職業もそうですが、端から見るほど楽な商売ではございませんよ。よしんば吉原に自ら望んで身売りしても、こんなはずではなかったと思うことばかりです。また一旦楼の抱えになれば、厭になったからやめるというわけにも参りませんぞ」

「四郎兵衛様、話で吉原がどのような場所か知っておるつもりです。年季が明けるまで身を粉にして働かされるところだと心得ております」

「仰る通りの場所です。若いうちは蝶よ花よとばかりに客足が途絶えません。じ

やが、歳を取ると段々客がつかなくなり、見世の格が一年半年ごとに下がってい
き、最後は羅生門河岸の局見世でわずかな金で身を売る暮らしに落ちます。それ
が我慢できますかな」
「私、覚悟を決めたんです」
とおもよが潔く言い切った。
「死んだ亭主のおっ母さんのためにですか、驚きましたな」
と四郎兵衛が灰吹きに吸殻を叩き落として新たに刻みを火皿に詰めた。
「姉さん」
と櫓を漕ぎながら金次が声をかけた。
「七代目相手に話したことにひとつでも嘘があれば直ぐに分かることだ。どうだ
い、この近くの河岸に猪牙を寄せるからさ、今のうちに降りないかい。話はなか
ったことにしてもいいんだぜ」
「若い衆、女がひとり、これからの生き方を真剣に相談しているんですよ。直ぐ
に暴かれる嘘を吐くほど、おもよは馬鹿ではありません」
「そうかねえ」
と金次が首を捻った。

「神守様、どうしたもので」

と四郎兵衛が話を幹次郎に振った。

「それがしには未だどのような気性の人がお女郎に向いておるのか分かりませぬ。おもよさんはどうでございますな」

「女盛り、見目も悪くない。気性は深川育ちか、さばさばしておられる。当人もその気のようだ、となれば文句なし。大籬の遊女とは参りませぬが、小見世ならばどこも喜んで引き受けましょうし、直ぐに売れっ子になりましょう。ただし、犬の子をもらい受けるのではございません。身許請け人なりなんなり要るのが吉原の仕来たりです」

「ならば明日にもおもよさんの申されたことを確かめた上で、奈々屋の長屋の差配どのに身許請け人を願ってはどうです」

「やっぱりそこまでいく話ですか」

おもよが呟いた。

「姉さん、だから途中で舟を降ろしてやろうかとおれが言ったろうが」

と金次が猪牙舟を大川端に寄せる気配を見せた。

「おもよさん、妓楼の側も大金を払うのです。なんにもなしに、はい明日から、はありませんでな」

「四郎兵衛様、致し方ございません。奈々屋の家作は深川蛤町近くに散っておりますが、職人長屋、差配はハゲの市兵衛さんと言えば直ぐに分かります。ただ身許請け人までやってくれるかどうか分かりませんよ」

「どうやら本気のようですな」

と四郎兵衛が呟き、

「おもよさん、市兵衛さんの話を聞いてそなたの話が真ならば、手がないわけではない」

と覚悟したように言い足し、煙管に火をつけた。

「有難うございます」

おもよが舟底に額を摺りつけた。

「そなた、今はいい。何年かのちに悔いることになるかもしれませんよ」

四郎兵衛がそれでも言った。

死んだ亭主の母親の薬料のために自ら吉原に身を落とすと決めたおもよの将来を考えたからだ。

「四郎兵衛様、貧しいことや苦しいことには慣れております」

「知らぬとは恐ろしいことです」

　と答えた四郎兵衛が、

「治療代にいくら要ると思っておられますな」

「薬代と当座の暮らしの金、私の身にどれほどの値がつくのか知りませんが、二十両は渡してやりたい」

　とおもよは訴えた。

「二十両ね」

「無理にございますか」

「こればかりは妓楼の主が決めること」

四郎兵衛は具体的な値を告げなかった。だが、おもよの年季次第では、その倍にはなろうと幹次郎は密かに考えていた。

　猪牙舟が山谷堀の船宿牡丹屋の船着場に着いたのは、六つ半過ぎのことだった。ちょうど番方の仙右衛門が牡丹屋から用事を済ませた体で出てきて、

「七代目、ご苦労にございました」

　と迎えた。

「ちょいと事情があってこのおもよさんを牡丹屋に一夜泊めることになった。私が女将に断わるで、おまえ様は先に神守様と会所に戻っておりなされ」

と命じた四郎兵衛がおもよを伴い、牡丹屋に入っていった。

「金次、おめえは七代目を待つんだ」

「あいよ、提灯持って従うよ」

と金次が牡丹屋に残ることを承知し、

「あいつの話、信じていいのかね」

と小首を傾げた。

「いささか風変わりな頼みの主です」

と幹次郎が事情を話した。

「死んだ亭主の母親の薬代のために吉原にね、普通ならば金次の言葉通りの眉に唾(つば)だがね」

「おもよさんの口調に迷いはないのですよ。それに今朝まで住んでいた長屋の在り処も差配の名もはっきりと告げて、調べてもよいという申し出です」

「亭主が死んで将来(さき)に望みが持てなくなったかね」

「自暴自棄(じぼうじき)の様子はございません」

「七代目もその気なのですね」

「それがしの推量ですが、花伊勢の小紫の代わりにと佐兵衛どのに願うつもりではありますまいか」

「違いねえ」

とふたりが土手八丁を見返り柳まで来たとき、五十間道の中ほどで悲鳴が上がった。

会所の長半纏を着た長吉が腹を抱えて倒れ込もうとしていた。その周りに三人の不逞な浪人がいて、前屈みに崩れ落ちる長吉からなにかを奪い取ろうとしていた。

「畜生！」

罵り声を上げた仙右衛門と幹次郎は一気に五十間道を駆け下っていった。

浪人がよろめく長吉の肩口にさらに刀を叩きつけようとした。

「待て、待ちやがれ！」

仙右衛門が叫び、懐の匕首を抜いた。

幹次郎が一足先に騒ぎの場に駆けつけると長吉の前に体を入れて、三人の狼藉者に向き合った。

「小頭、しっかりなされ」

「油断しちまった」

と言いながら力尽きたか、長吉が尻餅をついた気配がした。

「なにをした」

「邪魔が入っては致し方ない、逃げるぞ」

と無精髭の浪人が仲間ふたりに言いかけて後ずさりしようとした。その背後に番方の仙右衛門が匕首を手に立った。

「そうはいくかえ」

幹次郎は騒ぎを聞きつけた吉原会所から長半纏の面々が駆けつけてくるのを見ながら、和泉守藤原兼定を抜いて峰に返した。

「くそっ、やばいことになったぜ。こやつを叩き斬って逃げる」

と無精髭が幹次郎に向き直った。

幹次郎は峰に返した兼定を天に突き上げると三人を睨んだ。

「なんじゃ、奇妙な構えは」

と無精髭らが思い思いに構えた。

幹次郎が腹に力を溜め、腰を低く沈めた。次の瞬間、五十間道に幹次郎の体が

高々と舞い上がると、

ちぇーすと！

と下腹部から絞り出された奇声が響き渡り、相手三人を踏み潰すように落下した幹次郎の兼定が無精髭の肩口に叩き込まれ、さらに着地した瞬間にもう一度跳ね上がると残りふたりの肩の骨を兼定が次々に砕いてその場に押し潰した。

三

面番所の隠密廻り同心村崎季光が浅草山谷町の医者柴田相庵の治療を終えた浪人三人をじろりと見て、

「裏同心どの、派手にやられたものだな」

と嫌味を言った。

「村崎様、考えてもみてくださいまし。うちの小頭がいきなり脇差でどてっ腹を抉られて、茶屋の衆から集めた吉原の植栽の金を強奪されようとしたんですぜ。それも柴田先生のところで生きるか死ぬかの最中だ。そんな極悪非道の相手三人、肩の骨が折れたくらい、なんですね」

と番方の仙右衛門が言い返した。

長吉の怪我は急所を外れていたので生死には関わりないとの柴田医師の診立てだった。

だが、仙右衛門はいささか大仰に告げて、幹次郎の始末を弁護したのだ。

「それに不逞の輩が三人も掃除できたんだ、町奉行所としても文句はございますまい」

「それはそうだがな。あまり裏同心どのの名ばかりが高うなっては、面番所が無能のようではないか。お目こぼしの上に花を持たせておることをくれぐれも忘れんでくれよ」

と言い捨てると、小者たちに縄尻を取らせて木の香が漂う会所から出ていった。

「なにを言いやがるんだ。なにもしようとはせずいいところばかりを掠っていくんじゃねえか。花を持たせているのは一体全体どっちだい」

仙右衛門も吐き捨てた。長吉が刺されたことが仙右衛門を怒りに駆り立てていた。

「番方、吉原の商いはお上のお許しで成り立っているんです。隠密廻りが官許を盾に威張りくさるのは今に始まったことではありませんよ」

四郎兵衛が番方に注意した。

「七代目、いかにもさようですが、忌々しいったらありゃしねえ」

「それより仮宅からの引っ越しの最中、かような騒ぎが繰り返されぬとも限りません。長吉も欠けた会所です。残った者が一丸となって騒ぎが起こらないように目配りしてくださいな」

「へえ、畏まりました」

と仙右衛門が受けた。


翌日午前のことだ。

幹次郎が新築の吉原会所に顔を出すと、

「神守様、長吉の見舞いに行きます、一緒してください」

仙右衛門が願い、幹次郎は一緒に浅草山谷町の柴田相庵の診療所を目指した。

出がけに四郎兵衛が、

「まあ、命に別条はなかったことが不幸中の幸いでした。私もあとで見舞いに参りますがな、まずは柴田先生に治療代を届けておいてくださいよ」

とすでに用意してあった奉書包みを仙右衛門に渡したものだ。

五十間道から山谷堀に架かる橋を渡ろうとしたとき、どこか弾んだ表情の足田甚吉にばったりと会った。

「甚吉、このような刻限にかような場所にいてよいのか。山口巴屋の仕事はどうしたのだ」

と元豊後岡藩の朋輩の行動を気にした。

「幹やん、心配ねえよ。玉藻様の許しを得てのことだ」

「初太郎の顔を見に来たか」

「そうではない。山口巴屋の奉公をこのまま続けてよいとお許しが出てな、女房に知らせに行ったんだ」

「おお、それはよかった」

足田甚吉は五十間道の外茶屋相模屋に勤めていたが、相模屋も火事に見舞われて焼失し、その後、主一家が悲運に見舞われたこともあって廃業が決まっていた。甚吉自身は前々から山口巴屋の男衆として働くことを願っていたが、どうやらそれが決まったようだ。

「幹やん汀女先生の口添えがあればこその奉公だ。近々一家で礼に行くぞ」

「そのような気遣いはいらぬ。それより精出して働くがいい」

「分かっておるって」

「とうとう甚吉も廓内で奉公するか」

「幹やん、そうではない」

「そうではないとはどういうことか」

「玉藻様が申されるには、料理茶屋には上客がついておる。料理茶屋をあのまま残してな、商いを続けるそうな。おれは引手茶屋の山口巴屋ではのうて、料理茶屋の男衆としてこのまま働くのだ」

「そういうことであったか」

「おれは吉原でも浅草寺門前町の料理茶屋でも働く先があればそれでよい」

「それがしからも四郎兵衛様や玉藻様に礼を述べておく」

「おう、頼んだぞ」

と甚吉は意気揚々と土手八丁に歩いていった。

「番方は料理茶屋を残す話、承知でしたか」

「七代目と玉藻様から聞かされておりました。あの界隈に旬の食べ物をそこそこの値段で食べさせる茶屋はありませんでな、仮宅の間だけの商いでは勿体ないとの声が客から上がっていたそうです」

「商売繁盛なによりでした」

幹次郎は急に視界が明るくなった気分で歩き出した。

浅草山谷町にある柴田相庵の診療所は、古色蒼然として傾きかけた門がある藁葺きの家だった。

山谷町が百姓地だったころの家で、ためにぐるりと庭が取り巻き、庭木の間に野菜などが栽培され、その間に診療所の怪我人が寝泊まりする宿房が点在していた。

ふたりは鶏が餌を啄む庭を抜けて母屋に立った。縁側では女衆が洗濯して乾いた白布や包帯を畳んだり巻いたりしていた。

広い土間に診察を待つ怪我人が数人いた。急ぎの患者はいない様子で再診や薬の付け替えの者たちばかりだった。それだけに深刻な表情の患者はいなかった。

仙右衛門は、

「御免なさいよ」

と挨拶すると土間から板の間に上がり、刀を外した幹次郎も従った。

そのとき、閉じられていた板戸が開き、巻木綿で右手を吊った子供を従えて細面の女が姿を見せ、

「敏坊、もうしばらくの辛抱よ。あんまり乱暴なことはしないでね」

と優しく諭した。忙しいのか、女の顔に疲れが見えた。

「お芳さん、長吉の容態はどうですね」

と仙右衛門が声をかけると、

「あら、番方」

と柴田相庵の診療所を仕切る女衆のお芳が仙右衛門に顔を向けた。

どことなくお芳の顔に生気が漂った。

幹次郎はお芳を承知だが、言葉を交わすほどの付き合いはなかった。

板戸がもう一枚開かれると診療室が見えた。十二畳ほどの板の間が二間続いていて、手前の板の間には診察台があり、初老の柴田相庵と真三郎が白衣を着てこちらを見ていた。

「番方、長吉は熱が出たようでとろとろしておるが命に別条ない。安心しろ」

と相庵が言い、

「それより裏同心の旦那はきれいに浪人者どもの肩の骨を砕いてくれたものだな」

と妙な感心をした。

「きれいに骨を砕くとはどういうことです」

仙右衛門が訝しげに訊いた。

「三人が三人して同じ場所に同じ程度の打撃を受けて、ぽっくりとな、骨を折ったということだ。ふたり目からの治療は、ひよっ子の真三郎でもできたぞ」

と笑った。

「そりゃ、神守幹次郎様のお手並みですぜ。相庵先生の治療が楽なように考えてさ、あの程度の浪人相手には力の加減をするなんぞは朝飯前だ」

「ほう、言うてくれるな」

と相庵が幹次郎を見た。

「お手間を取らせました」

「吉原が仮宅の最中、怪我人が運び込まれる数が減っておるのだ、この際、あやつらでも助かる。じゃが、あやつらの治療代、だれが支払うのじゃな」

と相庵がそのことを案じた。

「四郎兵衛様から預かってきましたが、三人分まで治療代が入っているのかどうか聞き忘れました」

仙右衛門が奉書紙で包んだ金子を差し出すと、

「さすがに七代目、やられることが素早いな。有難く頂戴しよう」

と包みを受け取り、

「ふーむ、三両か。やはりあやつらの治療代を考えてのことであろう」

と真三郎に言い、

「お芳、この金子、薬種問屋の払いに回してくれ」

とお芳に金子を渡した。

「金が入っても右から左、うちに留まることはないわ。早う吉原が戻ってこぬものかな、この界隈、火が消えたようで寂しいぞ」

「相庵先生、会所も大門内に移って参りましたよ。もうひと月余りの辛抱ですぜ」

「そうか、遊女衆の脂粉の香りが懐かしいわ」

「おや、相庵先生でもそんな気分が残っておられますので」

「吉原会所の番方ともあろう者が、男心を知らぬも甚だしい。男も女も死ぬまでその気はあるものじゃぞ。お芳なぞ死にかけた怪我人から何度尻を触られたか」

「老先生、いい加減な話を診療所でなさらないでください」

とお芳に注意されたが、土間に待っていた患者たちも慣れたもので、また老先生がと笑い声を上げる者もいた。

「長吉は奥の板の間に寝かされておるぞ、おふたりさん」

仙右衛門と幹次郎はお芳に廊下から案内されて奥の間に向かった。

長吉は奥の間の隅に布団を敷いて寝かされていた。

濡れ手拭いで額を冷やされる顔が紅潮しているのは熱のせいか。腹の傷のあたりの夜具が大きく膨らんでいるのは傷口に夜具がかからないように竹製の囲いが入れてあるためだ。

「長吉、具合はどうだ」

仙右衛門の問いかけにうっすらと長吉が目を開けた。

「油断しちまった」

とかさかさに乾いた唇が動いて、まず長吉がそう答えた。

「そんなことを考えることはねえ。相庵先生方の注意を守って早く怪我が治るように努めるのが先決だ」

「水が飲みたいが、だめかね」

と長吉が仙右衛門に願った。

「長吉さん、ここが辛抱のしどころです」

とお芳が仙右衛門に代わって言い、ぎやまんの水差しの水で綿を濡らすと唇を湿らせた。

「飲んじゃだめよ」

「これじゃあ、お芳さんの尻を触る元気もねえや」

長吉は熱に浮かされながらも相庵の言葉を聞いていたのか、かさかさした口調で言った。それでも唇を湿らせてもらった長吉は最前より元気な顔を見せた。

「馬鹿野郎、会所の恥を晒すねえ」

仙右衛門が苦笑いした。

お芳が長吉の額の手拭いを桶の水で濡らして固く絞り、額に戻した。

「番方、二、三日もすれば診療所から小屋のほうに移れますよ」

と泊まり込みの怪我人のための宿房に移れると言った。

「そうなれば水だって飲めるようになりますし重湯だって啜れます」

「お芳さん、頼む」

と仙右衛門が願って、幹次郎が最後に、

「小頭、大事のうてよかった。この次、来るときになんぞ見舞いを持ってくるでな」

　と言い、

「見舞いか。まず水がたっぷり飲んでみてえ」

　と呟くように長吉は答えたものだ。


「まずはひと安心」

　と柴田診療所の門を出た仙右衛門が言った。

「いかにもさよう」

「ご時世が世知辛いからね、あんな手合いが増えてきます。なんでもかんでもご政道のせいにする気はねえが、もう少し幕府がしっかりしてくれませんと、小判が落ちるところにも落ちませんや」

　と言い、

「神守様、もう一軒付き合ってくれませんか」

「どちらへでも」

「なあに橋場にございますよ」

「それは近間だ」

仙右衛門が幹次郎を案内したのは五十間道にあった外茶屋の相模屋の番頭早蔵（はやぞう）の仮住まい、百姓家の納屋だった。

「さっき甚吉さんに会ったら、玉藻様から頼まれていたことを思い出しましたんで」

幹次郎に説明すると、

「早蔵さん、おられるか」

と仙右衛門が叫び、母屋から男が顔を出した。

「なんだ、会所の番方か。早蔵さんなら大門通りの床常（とこつね）に行ったよ」

この界隈で大門通りといえば、妙亀山総泉寺（みょうきさんそうせんじ）の門前のことだ。

「暇潰しに将棋でも指しに行ったかね」

「いいや、吉原が再建成るというのにくすぶってばかりじゃ験（げん）が悪い。髷を結い直してもらって、さっぱりするんだと出かけたよ」

「ならばわっしらも床常に面（つら）を出そう」

床常は大門通りの中ほどにあって、この近所の男どもの溜まり場でもあった。

三畳の上がり座敷にも仕事場にも客がいて、常吉（つねきち）親方以下職人三人が忙しげに客の髷を結い直し、髭をあたっていた。

「いらっしゃい」

と常吉が景気のいい声で迎え、

「おや、会所のお歴々か、珍しいね」

「早蔵さんがいるって聞いたんだがね」

「相模屋の番頭さんかえ、おれの前でうつらうつらしているのがその御仁だ。居眠りに来たんだか、髷を結い直しに来たんだか分かりゃしねえ」

とぼやく前に白髪頭がこっくりこっくりしていた。それでも頭を上げて、

「親方、なにを仰いますな、起きてますよ」

と早蔵が言うと、

「なにか用かい」

と仙右衛門のほうへ顔を捻じ曲げた。

「どんな加減かなと思うてさ、顔を出したところだ」

「どんな加減かなんて、吉原が戻ってくるというのにとんとこちらにお呼びがかかりませんよ」

と早蔵がぼやき、その目が幹次郎を見た。

「おや、神守様もご一緒でしたか」

幹次郎は早蔵と相模の岩村まで御用旅をしたことがあったから、よく承知していた。

「ははあん、ふたりしてこの早蔵がくたばってないかどうか確かめに来なさったね。わたしゃね、もうひと花咲かせないと死んでも死に切れませんよ」

「それで床常でさっぱりしておりましたかえ」

「そんなとこだ、番方」

仙右衛門が床常の仕事場の上がり框に腰を下ろして、

「親方、髪結の邪魔をするよ、なあにしばらくの間だ」

「席を外そうか」

「そんな話じゃございませんよ。仕事、続けてくださいな」

頷く床常の親方から早蔵に視線を向け直した仙右衛門が、

「早蔵さん、奉公をする気があるんだね」

「最前も言った通りこのままお迎えでは寂しい。相模屋が五十間道に戻ってこないのは分かっていることだ。こうなればどんな仕事でもしてさ、この界隈で余生を送りたいよ」

「帳付けでもいいと言いなさるか」

「帳付けだろうが庭掃除だろうが厭いません」

と答えた早蔵が、

「番方、期待を持たせて、これから探すなんて話じゃなかろうね」

「親方、急いで早蔵さんの頭を仕上げてくんねえ。これから奉公先に連れていくからよ」

「よし、そんな話なら力入れて、頭ばかりか顔もてかてかに仕上げるぜ」

「番方、ほんとうに私の勤め場所に心当たりがあるんだね。連れていってもらってもさ、相手からこんな爺じゃ嫌だなんて言われるのはいささか辛いがね」

「早蔵さんに恥をかかせる真似はしないよ」

「どこだえ。廓内かい、廓外かい」

「浅草並木町だ」

「なんだ、吉原と関わりがないのか」

「吉原に関わりがなきゃあ駄目ですかえ」

「この際だ、贅沢も言えないね。話があっただけでもよしとしなきゃあ。番方、教えておくれな、相手は何屋だね」

「料理茶屋山口巴屋」

「なんだって、七軒茶屋の山口巴屋が仮宅の間、店開きした料理屋だって」

「そういうことだ」

ごくり、と早蔵が唾を呑み込んだ。話を聞いていた床常の親方が、

「番方、山口巴屋さんなれば吉原の一流どころだが、仮宅が終われば仲之町に戻って引手茶屋に戻られるんじゃねえのかい」

「並木町の料理茶屋はそのまま看板を上げて商いを続けるんだ。そこでな、あちらにも玉藻様を助けて帳場に座る、信頼できる人物を探していなさるんだ。なにしろ引手茶屋と料理茶屋の二軒になれば人手もいるからね」

早蔵が仙右衛門に向き直り、

「番方、お願い申しますよ」

と、がばっと頭を下げて、

「よし、決まった。親方、最後の磨きをかけてくんな」

と願った。

四

玉藻は早蔵に会うと、

「早蔵さん、この料理茶屋の手伝いをしてくれますか」

といきなり言った。

玉藻と仙右衛門の間では話し合いがすでになされていたらしく、早蔵を連れてきたことの意味を即刻悟ったのだ。

幹次郎は早蔵の顔がくしゃくしゃになるのを見ていた。両目もしばたたき、潤んだが、早蔵はなんとか涙を流すことを我慢した。

「玉藻様、私はご承知かと存じますが、外茶屋の番頭を一筋に務めてきた奉公人、吉原七軒茶屋筆頭の山口巴屋様のような一流どころとはとんとご縁がございません。私にこちらの奉公が務まりましょうか」

「番方らにそなた様の奉公ぶりは聞いております。最後まで相模屋さんに忠義立てした結果、新たな奉公先を見つけられないで苦労しておられると聞いております」

「いえ、迷い迷った結果、仮宅五百日が過ぎようとしているだけのことです」

「早蔵さん、奉公なさる気持ちはございますか」

「それはもう。早蔵、このままで死んでいくのはなんとしても悔いが残ります。今一度なんとしても働きとうございます」

「ならば私を助けてくださいな」

早蔵が仙右衛門を見て、

「夢を見ているような話です。番方、生きていてよかったよ」

と言いかけた。そして、玉藻に視線を戻すと訊いた。

「玉藻様、引手茶屋と料理茶屋ではいささかお客様の扱い方が違いましょうな」

「最初は慣れぬかもしれません。まずは私の傍らにいて仕事を覚えることから始めてください。神守幹次郎様のご新造の汀女先生も手伝ってくれますでな、なんでも分からぬことがあれば、私か汀女先生にお訊きなさい」

「はっ、はい」

「敷地の中に料理人らが住み込む別棟があります。そこにひと部屋、番頭部屋を用意してございます。いつからでも引っ越してきなされ。ようございますか」

「明日にも橋場の納屋から移って参りますが宜しゅうございますか」

そうなされ、と受けた玉藻が、

「給金ですが、望みはございますか」

「いえ、働き口が決まったのです。三度三度の飯があり、寝るところさえあればなんの注文がございましょう」

「どうしたものかね」

と初めて迷った風の玉藻が、

「お父つぁんに相談の上、決めさせてもらいます。宜しいかしら」

「すべてお任せ申します」

と応じた早蔵が深々と玉藻に頭を下げて、早蔵の新たな奉公先が決まった。

「玉藻様、姉様もなんぞこちらで仕事がございますか」

「汀女先生が薄墨様方遊女衆を相手にうちで手習い塾を開いておりましたね。書、俳諧(はいかい)、和歌、文の認(したた)め方とあれこれ教えておられると馴染のお客様方が聞いて、ぜひ私らにも旦那塾をやってほしいと熱望されまして、膝回しのような集まりをやることになりました」

膝回しとは俳諧などを互いに読み合い、互選して遊ぶことだ。それを料理茶屋の座敷で定期的に催すというのだ。

「姉様がそのようなことを引き受けていたとは知りませんでした」

「ご迷惑だったでしょうか」

と玉藻が案じ顔を幹次郎に向けた。

「姉様が承知したことなればなんの異存もございません」

「いえね、旦那方には汀女先生が目当てにございましてね、汀女先生自ら俳諧や和歌などを指導してもらいたいと強く望んでおられますので」

「こちらのお客様となると大店の旦那衆にございましょう。姉様に務まりますかな」

「知らぬは亭主ばかりなり、と申し上げるといささか神守様に失礼にございますが、汀女先生の貫禄にはうちのお客様も形なしですよ」

「ほう」

「それにご安心なされませ。催しの日には三浦屋の旦那が薄墨太夫の外出を認められましてな、これまで通りに汀女先生の助っ人を務められます」

「おやおや、助っ人に大物の薄墨様が控えておられましたか。帆船は頭が重いと風や波をくらって簡単に転覆すると言いますが、薄墨様の手伝いくらいが姉様には似合いと思いますがな」

「やはり亭主どのはなにもご存じないようですね。薄墨太夫は汀女先生に心酔されて、汀女先生と薄墨太夫は真の姉と妹のようだと、うちのお客様方に大評判なのでございますよ」

「おや、それは知らなかった」

玉藻と幹次郎の会話を聞いていた早蔵が、

「神守様、汀女先生に早蔵が宜しくお引き回しくださいと申していたと口添えしてくれませんか、お願い申します」

と頭を下げた。

「相分かりました」

と幹次郎は承知するしかない。

「玉藻様、引っ越しとなればあれこれと仕度もせねばなりません。私はこれで失礼させてもらってようございますか」

「男衆の手が要るようならば差し向けますよ」

「いえ、私の周りに手がないわけではございません。明日の昼までには必ずこちらに移って参ります」

と言い残した早蔵が急に四、五歳若返った身の動きで料理茶屋山口巴屋の帳場から消えた。

「玉藻様、足田甚吉のことと申したびのことと申し、お礼の言葉もございませぬ」

と幹次郎が玉藻に改めて頭を下げた。

「相模屋さんは主の周左衛門さんが悪人の手にかかって非業の死を遂げられたことが不運の始まりでした。甚吉さんにしても早蔵さんにしても相模屋が再建成れば当然相模屋に戻った人材です。それをうちが頂戴したようなもの、お礼を言うのは私のほうですよ」

と玉藻が笑みで応じた。

「ともかくうちは吉原の茶屋とこちらとで、これまで以上の女衆と男衆の手が要ることになりました。神守様、これまで以上に汀女先生のお手を煩わせます。お許しください」

と反対に玉藻に礼を言われて幹次郎はいささか困惑した。

「四郎兵衛様を中心に吉原、吉原会所、山口巴屋、わっしら会所者、それに神守様夫婦と、もはや一心同体にございますよ」

と仙右衛門が言った。

「いかにもさようでした」

と幹次郎が受けて、玉藻が、

「番方、長吉さんの具合はどうです」

と刺された怪我の具合を訊いた。

「柴田相庵先生は命に別条はないって言ってくれていますからね、二、三日もすればものが食べられるようになるようです」

「ならばひと安心ね。お芳さんもいることだし、ふたりにお任せするのがいいわ」

と言った玉藻が、

「神守様、お芳さんをどう思われます」

「どうと申されて、本日初めて間近でお会い致しました、なんとも答えようがございませぬ」

「お芳さんは廓内の貸本屋の夫婦の間に生まれた吉原っ子ですよ。あの器量です、普通の娘なれば禿から太夫への道を志してても不思議ではございません。だけど、お父つぁんに次いでおっ母さんが流行り病で亡くなったとき、自ら望んで柴田相庵先生の下で働きたいと吉原を出ていかれたのです」

「そのようなお方とは存じませんでした」

「吉原に売られてくる娘もいれば吉原から出ていく娘もいないわけではございません。お芳さんは数少ないひとりです。ねえ、番方」

と玉藻が話の矛先を不意に仙右衛門に向けた。

「えっ、ええ」

「番方は物心ついたときから妹のように可愛がってきたんだったわね」

「え、まあ」

「私は、番方が外に出ることを勧めたんじゃないかと推測しているんだけど」

「玉藻様、わっしも吉原者だ。吉原に生まれ育ったお芳に廓外に出ろだなんて、口が裂けても言えませんよ」

「私は非難しているんじゃないのよ。ともかくお芳さんは廓内から出たとはいえ、吉原近くで人助けをしている。これも吉原に生を受けた者の生き方だと思うわ」

「へえ、まあ」

「じれったいわね」

珍しく玉藻が執拗(しつよう)に仙右衛門に食い下がった。

「じれったいとはどういうことでございますね」

「番方がお芳さんに好意を寄せているのは先刻承知よ、それにお芳さんが番方を気にかけているのも事実じゃない。ふたりしていい大人なんだから、一緒になったらどうなのと言っているの」

「玉藻様」

と仙右衛門が困った顔をした。

「わっしとお芳とは十も歳が離れていまさあ」

「それがどうしたの」

「だから」

「お芳さんをどこかの男が掠っていってもいいの」

「いえ、それは」

たじたじとなった仙右衛門に、

「女も時もいつまでも待ってくれないわよ」

と玉藻が言い切り、

「番方をいじめ過ぎたかな。でも、お芳さんの気持ちを私が代弁したのよ。もうこれ以上言わない」

とふたりに茶を淹れて供した。

「なんだか、玉藻様に鼻面(はなづら)をしたたかに殴られたようだ」

「この一件だけは素直に私の言うことを聞きなさい」

へえ、と仙右衛門が畏まり、茶を啜った。

「神守様、野地蔵のこと、お父つぁんから聞きましたか」

と玉藻が不意に話柄を変えた。

「又造爺が下総結城から担いできた石の地蔵がどうかしましたか」

「お父つぁんが言うには水道尻ではいささか不釣り合い、小紫の身代わりになったお六さんの亡骸が見つかった池の端に祠を建てて野地蔵を移し、お六地蔵として先の火事で亡くなられた人々の供養をするそうです」

「それはようございますな」

「番方、吉原が新たに商いを始める前に祠を建てるそうです」

「棟梁の手配を致しましょうか」

「山口巴屋出入りの大工に頼んでございますよ」

そうでしたか、と答えた仙右衛門が、

「お六地蔵が吉原の守り本尊になってくれるとよいのですがな」

と言い足した。

「玉藻様、おみよはどうしてます」

幹次郎はふと思いついて訊いた。

「一を聞いて十を知るとはおみよのことですね。あの娘は日一日と成長しております。ただ今も三浦屋の仮宅に行かせて、禿見習いをさせております」

「なんとなく様子が見たくなった」

と言う幹次郎に仙右衛門が、

「神守様、わっしは仲見世で半襟の一枚も買ってお芳に届けます。神守様は三浦屋に行きなせえ」

と覚悟を決めたように言った。

「それがいいわ、番方」

と唆(そそのか)し甲斐があったという満足げな顔を玉藻がして、ふたりを店先まで見送った。

「神守様の前で冷や汗を掻きました」

「余計なこととは存ずる。それがし、初めてお芳さんを間近で拝見致しましたが、しっかりとした女衆と思いました。仙右衛門どの、玉藻様のご忠告素直に受けられてはどうですね」

「この歳まで独り身を通してきたんですがね」

「女も時もいつまでも待ってはくれぬ、と玉藻様が申されましたぞ」

ふうっ
と大きな息を吐いた仙右衛門が、

「人には添うてみよ、馬には乗ってみよと申しますな。いえ、お芳の気性のよさもなにも餓鬼のころから承知なんで。お芳は吉原を抜けた女、こっちはどっぷりと吉原の泥水に浸かった男、言い出す勇気がないだけなんで」

「番方、玉藻様の言葉は天の声と思うてお芳さんに会いなされ。こちらはおみよに会って参ります」

とふたりは料理茶屋山口巴屋の前で左右に別れた。


三浦屋の仮宅は水茶屋二軒を借り切ったものだった。それだけに昼下がりの明かりで見てもなかなか風情があった。

桜の大木が敷地から疏水の上に枝を伸ばして風に花弁を散らしている光景は往来する人の足を止めさせるに十分なものだった。

昼見世が終わった刻限、格子の中は無人だった。

門を潜ったとき、表口におみよが立って薄墨が見送りに姿を見せた。

「おや、神守様」

と素顔の薄墨が笑みを浮かべて幹次郎を見た。

「おみよが花魁の下で禿の見習い修業を始めたと玉藻様に聞き、様子を見に伺ったのだ」

「今日の見習いは終わったところにございます」

「おや、それは残念であった」

「神守様、おみよの行く末が心配にございますか」

「縁あって知り合うた娘にござる、薄墨太夫の下で花のある遊女に育ってくれるように願っておる」

「ご案じなさいますな、おみよはこれからの吉原を背負って立つ娘のひとりに間違いございません」

「安堵致した」

と薄墨に会釈を返した幹次郎は、

「おみよを山口巴屋まで届けて会所に戻る」

と挨拶し、今度は三浦屋の仮宅の門を無言のおみよと一緒に出た。

東仲町から並木町まで指呼の間だ。

「神守様、おみよになんぞ用事があって会いに来られましたか」

「なぜそのようなことを訊く」

「神守様は吉原会所の裏同心というお役を務めておられると聞きました」

「いかにもさようだ」

「悪いことをした女郎を捕まえるのがお務めですか」

「吉原の廓内のことでな、定法に反した女衆を捕まえることもあれば、女郎衆の命を守る仕事もある」

おみよは黙って隅田川へ向かう道を歩いていた。

といきなりおみよが振り返り幹次郎に言った。

「わたし、隅田川を見たことがございません」

「ならば川端に出てみようか」

幹次郎とおみよは浅草並木町の料理茶屋山口巴屋の前を通り過ぎると隅田川右岸、浅草寺の物揚場に出た。

左手に長さ八十四間（約百五十三メートル）の吾妻橋が見えた。

「江戸の川ってこんなに緩やかな流れなんだ」

とおみよが呟いた。

「下総の川は険しいか」

「鬼怒川も利根川もこのように穏やかな流れではございません」

「ようも爺様とふたり、暴れ川を舟に乗って旅してきたな」

おみよが小さく頷いて、ふたたび黙り込んだ。

ふたりは物揚場の傍らの川端に立ち、行き交う荷船や猪牙舟を眺めた。

どれほどの無言の時が過ぎたか。

「神守様は、知っておられるのですね」

「なんのことだ」

おみよは幹次郎の反問にまた口を噤んだ。

「厭なことなれば話す要はない。胸に仕舞っておけ」

「は、はい」

また黙り込んだおみよが意を決したように顔を幹次郎に向けた。

「姉様のことです」

「小紫という名で死んだおこうのことだな」

「生きておるのですね」

おみよの声が幹次郎の耳の中で震えていた。

「火事の際は、生きておった」

おみよの顔に恐れとも驚きともつかぬ激しい感情が走った。だが、直ぐに穏やかな顔に戻った。

第四章　仮宅祝言

一

「ほう、おみよは姉が火事では死ななかったことを知っておりましたか」

幹次郎の報告を受けた四郎兵衛が意外という表情を見せて呟いた。

「結城外れの実家に飛脚便が届いたとき、おみよは野良仕事に出ていたそうです。裏口から家に戻ると、おみよの父親と又造が口論をしている会話が耳に飛び込んできたとか……」

「……光太郎、世の中には窮鳥懐に入れば猟師もこれを殺さず、という言葉もあるだ。おこうはましてわしらの身内だ。火事騒ぎを潜り抜けて生きておるなら、助けるのが身内の務めというもんだ。おこうが何年も前にわしらのために苦界に身を投じたのを忘れちゃなんねえ」

「爺様、おこうは吉原に年季が残っておろう。江ノ島だかなんだかで朋輩の馴染客に顔を見られたらよ、吉原は黙っていめえ」

「それでも助けるだ。親のおめえが助けねえで、一体だれが助けるだ」

「爺様、そうは言っても、うちにはおこうに渡す金はねえだよ」

と母親の声が悲しげに応じた。

「生きていればいつかは会えるだ。銭がなければ銭はつくるだ」

「つくるったって容易いこっちゃあねえ、何十両の小判など水呑み百姓の家には無理だ」

「おこうが身売りしたとき、わしらはその金を手にしただ」

と又造が決心したように言った。

「爺様、まさか」

と父親が叫び、そのあと、三人の声は低くなって、おみよには聞こえなかった。

「数日後、又造に今年の種籾代もねえ、すまねえが身売りしてくれぬか、と願われたとき、おみよの決心は固まっていたと言います」

「姉のおこうを助けるために吉原に身を落とす決心を十三のおみよはしたと申されますか」

「はい。またそれとは別に、おこうが伝えてくる吉原の華やかさや江戸の威勢に憧れていたそうでございます。ために又造の話を直ぐに受けたとはっきりと答えました」

「ふた親も又造もおみよが家計を助けるために吉原に身を売ったと信じておったのですね」

「いかにもさようです、七代目」

四郎兵衛は煙管を弄びながら黙って考え続けた。

夕暮れ前の会所には四郎兵衛と幹次郎の他には人がいなかった。

「おみよは姉のおこうが逃げ果せると思うておったのでしょうかな」

「吉原に来るまでは姉に生きていてほしい、必ずや私がそうしてみせると思うていたようです。ですが、牡丹屋に連れていかれて一夜を過ごしたあと、吉原会所のことを知り、姉が逃げ果すのは難しかろうと気づいたそうでございます」

「一夜で私らの正体を察するとは利発な娘ですな」

「いかにもさようです」

「それにしてもよう神守様に話す気持ちになれましたな」

「山口巴屋様や三浦屋様にお世話になる以上、胸の内のつかえをすっきりとして奉公がしたかったと申しておりました。その上で私の年季が倍になってもいい、姉の不始末は私が償うから爺様と親を許してほしいと、それがしに何度も願いました」

ふうっ

と四郎兵衛が溜息を漏らした。

「神守様、火事の夜、おこうがお六を身代わりにするため殺したことを話されましたか」

「おこうの死は告げましたが、足抜するために他人を犠牲にしたことは話しておりませぬ。四郎兵衛様、話すべきでございましたかな」

「十三のおみよの決断を聞けばそれを問うのは無理というもの、話したところで百害あって一利なしです」

「いかにもさようと考えて話しませんでした」

「神守様、この話、神守様とこの四郎兵衛の胸だけに仕舞っておくことにしましようかな」

「又造らの行為を見逃すと申されるので」

「又造らの小賢しい行為をおみよが補って余りあると思われませぬか」

「いかにもさようです」

「おみよは、これからの吉原を何年にもわたって支える米櫃に育ちます。いえ、育てねばおこうに無慈悲に殺されたお六の霊も浮かばれますまい」

　幹次郎は頷いた。

「明日な、又造が結城から担いできた野地蔵を池の端に移して、浄閑寺の和尚に、仏に吉原の守り地蔵として魂を入れてもらいます。神守様も参列してくだされ」

「おみよはどうしましょうな」

　しばし考えた四郎兵衛は、

「だれかがうっかりおこうのことを漏らすやもしれませぬ。私らだけでお六地蔵の入魂式を執り行いましょうかな」

　と答えた。そして視線を幹次郎に向けた四郎兵衛の顔に笑みが浮かび、

「神守様、先夜、われらが懐に飛び込んできたおもよですがな、花伊勢の佐兵衛

さんが引き受けてくれました」

「それはよかった」

「佐兵衛さんは小紫の代わりに育てると張り切ってました」

「吉原を足抜する女がいるかと思うと、自ら飛び込んでくる女もおります。世の中、様々です」

幹次郎の言葉に笑った四郎兵衛が、

「今宵は仮宅も平穏無事のようです。この先、吉原に引っ越しともなれば多忙な日々が続きます。汀女先生のところに早目にお帰りなされ」

「まだ番方らが戻ってきておりませんがな」

「待てばまた夜中になりますぞ。じゃが、お戻りになる前に私と付き合うてくれませんかな」

という四郎兵衛の言葉に幹次郎は、

「どちらに参られますか」

と問うていた。

「なあに初風呂を立てさせましたのでな、ご一緒にどうですな」

と誘われた幹次郎は有難く頂戴することにした。

総檜造りの広い湯殿の湯船もまた檜だった。ために湯殿じゅうに芳しい檜の香りが漂っていた。

幹次郎は四郎兵衛と一緒に再建成った吉原会所の一番湯に肩まで浸して、

「これは極楽にございますな」

と思わず漏らしたものだ。

「のんびりと湯など、吉原が始まればなかなか叶いませんでな」

四郎兵衛の顔に五百日の仮宅が終わる安堵の表情が漂っていた。

「四郎兵衛様、足田甚吉がこと、また相模屋の番頭だった早蔵さんがこと、お心遣い真に有難うございました」

と湯の中で礼を述べた。

「なんのことがありましょうかな。玉藻が並木町の料理茶屋を閉じてしまうのは勿体ないと申すものですからな、続けることに致しました。となると奉公人の数がどうしても足りませぬ。ならば吉原に関わりのあった人からとな、玉藻に命じて探させましたので。まあ、甚吉さんはすでに並木町で働いておる。あちらの帳場に座る、信頼の置ける者と考えたとき、ふと相模屋の元番頭どのを思い出しました」

「よう、気づいてくださいました」

「早蔵さんはまだまだ老け込む歳ではございませんよ。帳場机の前に座れば、生気(せいき)も蘇ってきましょう」

と四郎兵衛が笑った。


幹次郎が左兵衛(さへえ)長屋に戻ると、汀女は夕餉の仕度をしていた。

「おや、湯に入られましたか」

と汀女が年下の亭主のつやつやとした顔を見て尋ねた。

「会所の一番湯に四郎兵衛様のお供で入らせてもろうたのだ。檜の香りがなんとも芳しゅうて極楽であったぞ」

「それは三年長生き致しましょう」

「五百日の仮宅の憂(う)さがひと息に吹っ飛んだわ」

と答えた幹次郎は、

「姉様、それがしが夕餉の刻限に戻ることを承知していたか」

「玉藻様が偶には早く長屋にお戻りください、今宵は神守様も早上がりさせるようにお父つぁんに頼んでありますと言われました」

「おやおや、四郎兵衛様と玉藻様に気を遣わせてしもうたな」

「桜鯛を頂戴致しましたので焼きものにしようかと思います」

「それはなんとも贅沢な」

「料理茶屋がお客様に出す桜鯛です、さぞ美味しゅうございましょう」

と汀女が七輪に炭を移そうとしていた。

「姉様、それがしがやろう」

土間で腰から刀を外した幹次郎は汀女に大小を預け、板の間の七輪に火桶から火箸で炭を移した。

「姉様、甚吉がこと、承知じゃな」

「山口巴屋様に住み替えとは甚吉どの、格が一気に上がりました」

「いかにも小見世から大籬に住み替えじゃな。甚吉め、火事で焼け太りしたひとりじゃぞ」

「これ、幹どの。あの火事で亡くなられた方もございますぞ」

「いかにもさようであった。じゃが、甚吉め、念願叶うて言うこともあるまい」

「近ごろ張り切って男衆の仕事を務めておられます」

「甚吉も藩を辞して苦労をしたが、おはつさんと夫婦となって初太郎まで生まれ、奉公先が大籬に格上げ成ってわが世の春、万々歳じゃな」

「そういうことにございます」

「相模屋からは番頭の早蔵さんも雇われることになったそうだな」

「夕暮れ前に並木町を訪ねますと、玉藻様がそう申されました」

「早蔵さんの喜びようといったら、甚吉の比ではなかったぞ。早蔵さんはもはやあの歳では新たな奉公先もあるまいと諦めかけた折りであったからな」

「料理茶屋が並木町で暖簾を上げ続けるので、皆さんが恩恵を蒙（こうむ）りました」

「姉様もなにやらお客衆を相手に膝回しを山口巴屋の座敷で続けるというではないか」

「そのこと、幹どのにお断わりしておりませんでしたな」

「そのような斟酌（しんしゃく）は無用じゃが、大店の旦那衆を相手に気苦労ではないか」

「薄墨様が手伝ってくれると申されますから、大安心にございます」

「姉様、炭の燃え具合がいい加減になってきたぞ」

「ならば網を」

と汀女が魚網を七輪に載せ、大皿に載せられた桜鯛を二尾運んできた。

「桜鯛と申すから切り身かと思うたら尾頭（おかしら）つきか、それも二尾とは贅沢な」

「ひとりで一尾は食べ切れませぬか」

「食えぬことはなかろう。じゃが、天下でも取ったような気分じゃな。豊後岡藩七万三千石の下士では生涯桜鯛などひとり一尾ずつ食することはできなかったぞ」

「いかにもさようです。幹どの、どうです。鯛をこんがりと焼きながら酒など召し上がるのは」

「いささか行儀が悪かろう。じゃが、湯上がりの喉がうずくな」

「ならば燗をつけてございます。手酌でゆっくりと召し上がりなされ」

と汀女が小盆に燗徳利と猪口を持参してくれた。

「最初のひとつは酌をさせてもらいましょう」

「頂戴しよう」

汀女から酌をされた幹次郎は、笑みを浮かべた顔で猪口に口をつけ、

「甘露甘露」

と漏らしたものだ。

「気になるのは小頭長吉さんの怪我の具合にございますな」

「柴田相庵先生が命に別条ないと保証されておるで、こちらもひと安心じゃ」

と答えた幹次郎は魚の焼き網にそおっと一尾目の鯛を載せた。

「幹どの、お芳さんに相庵先生のところでお会いしましたな」

「なに、姉様はお芳さんを承知か」

汀女が顔を横に振り、

「なれど玉藻様から以前に何度か聞かされたことがございます。仙右衛門さんとは五丁町裏で兄と妹のように育ったそうですね」

「そう聞いた。それがし、番方にそのような恋情があろうとは夢想もしなかったでびっくり致した。じゃがな、姉様、あとで考えれば考えるほど仙右衛門さんとお芳さんは似合いじゃぞ」

「客と遊女があれこれと駆け引きした末に一夜を共にする吉原に生まれ育った仙右衛門さんとお芳さんだからこそ、お互いを離れたところから見つめて、そおっと過ごしてこられたのでしょう。その歳月がなんとも切ないと玉藻様は申されるのです」

「玉藻様に女と時はいつまでも待ってくれませんと尻を叩かれた番方が、半襟の一枚も買って届けると答えておられたが、この想い、成就(じょうじゅ)するかのう」

「幹どの、案ずることはございません。必ずやふたりは幸せになります」

と汀女が言い切った。

「そうか、それなればよいが」

と手酌で猪口に新たな酒を注いだ。目の前の桜鯛の尻尾が反り返り、いい具合に焼き目がつき始めていた。

「お芳さんが吉原の外に出られたのは十五の春であったそうな」

「ほう、それは聞かなんだ」

「とある大籬から執拗な誘いがあったと聞いております。そこで四郎兵衛様が中に入り、お芳さんの考えを質したそうな。するとお芳さんは、『頭取、お芳は吉原に生まれ育ち、この暮らししか知りませぬ。ですが、女郎さんには不向きなような気がします。できることなれば廓の外で働きとうございます』とはっきりと返答なされたそうです」

「さすがにお芳さん、しっかりしておるな」

「四郎兵衛様が奉公先に心当たりがあるかと質されますと、相庵先生の下で働きたいとさらに答えられた。亡くなられた親父様が最後に世話になったのが相庵先生の診療所だったそうです」

「そのような理由があって相庵先生のところで奉公しておられるか」

「今や相庵先生の右腕、お芳さんを慕う患者さんが多いそうですね」

「そのことは一目で分かったぞ」

「幹どの、鯛が焼けておりまする」

「おっと、姉様の話に夢中になってつい鯛を忘れておった」

幹次郎は鯛を箸でひっくり返した。

「お芳さんが吉原を出られた背景には、仙右衛門さんへの気兼ねがあってのことと玉藻様はみておられます」

「気兼ねとはなにかな」

「すでに仙右衛門さんは吉原会所の若い衆でしたから、お芳さんに廓の外に出ろとも遊女になれとも口にすることは立場上できなかった。でも、妹のように過ごしてきたお芳さんが女郎になるのを見るのは辛かったと思います。そのことを察したお芳さんは廓の外に生き方を見つけた」

「ならばこれまでに一緒になることができたではないか」

「幹どの、うちの抱えにと望んだ妓楼もあるのです。それを外に出たからといって、女房にするのは会所の雇人としてご法度にございます。仙右衛門さんはできなかったのでしょう。お芳さんも仙右衛門さんの気持ちが分かるから、相庵先生の右腕として必死に働いてこられたのでしょう」

「話はおよそ分かった。じゃが、腑に落ちぬことがある」

「なんですね」

「なぜ玉藻様は仙右衛門さんの背を押すようなことをこの期に及んでなされるのだ」

「お芳さんをうちの抱えにと望んだ楼はこたびの火事で代替わりしたそうな。もはやどこにも気兼ねは要らぬゆえ、お芳さんに心の中を打ち明けなさいと、仙右衛門さんの背を押されたのでございましょう」

「そうか、そのような曰くがあってのことか」

「あとは仙右衛門さんが想いを明かされるかどうかだけです」

「積年の想いをつなぐには半襟ではいささか軽かったかのう」

「いえ、半襟であろうとなんであろうとお芳さんにとって、仙右衛門さんがくれたということが大事なのです」

「人とは不思議なものじゃぞ」

幹次郎の言葉に汀女が笑みを浮かべた顔を向けた。

「そうではないか。吉原会所の若い衆は、一夜何千人もの客と遊女を取り結ぶ役を務めてきておる。番方ともなると二十年以上もこの仕事を繰り返してきておろう。男の望みも遊女の駆け引きもすべて承知の仙右衛門さんだ。だが、わがことになると途端に初心(うぶ)になってしまわれる」

「その辺の機微が男と女の面白いところにございますよ」

「そうか、そうかのう」

と答えた幹次郎が箸で鯛の焼け具合を見て、

「よし、一尾目は焼けた」

と汀女の差し出す皿に載せた。

「おーい、姉様も幹やんも、長屋に戻っておるな。甚吉の一家が礼に来たぞ。おれの両手は塞がっておる。戸を開けてくれ」

という怒鳴り声が左兵衛長屋の木戸口でした。

「おやおや、夫婦水入らずで久しぶりに酒など楽しもうと思うたに、要らざる邪魔が入ったわ」

「そう申されますな」

と笑った汀女、

「甚吉さん、ここは田舎の一軒家ではございませんぞ。おはつさん、初太郎さん、ようこそいらっしゃいました」

と腰高障子を引き開けると片手に貧乏徳利、もう一方の手に料理を入れた風呂敷包みを提げた甚吉が立っていた。

二

幹次郎と仙右衛門のふたりは、大門の前に立って、真新しい簞笥（たんす）やら長火鉢やら神棚やら仏壇やら積み、夜具を誇らしげに満載して紅白の綱で縛った大八車がごろごろ続々と五十間道をやってくる光景を見守っていた。

吉原会所の若い衆が大門から十数間（約二十〜二十五メートル）手前で荷がどの楼や茶屋に入るものかを確かめて、大門へと送り込んでいた。

晴れがましくも仮宅から妓楼や引手茶屋が新しく成った吉原に戻ってくる光景だった。

「いよいよですな」

と仙右衛門が幹次郎に言いかけた。

抑えた口調の中に隠しきれない喜びの声があった。

「五百日は短いようで長い」

「いかにもさようでした」

「再起を望んだが戻ってこられない楼もあれば茶屋もござった」

「反対に花伊勢のように小見世が半籬に出世した例もございます」

「妓楼の主の才覚がこの五百日の明暗を分けましたな」

遊女衆の引っ越しは数日後のことだ。その前に楼も茶屋も家具や夜具を運び込んでおかねばならなかった。

大八車の間には呉服屋の番頭らしい男が新調の打掛か小袖を運び込む姿があった。

贔屓の遊女に客が贈った品を持ち込む姿だった。

幹次郎らが目にする光景の中に、

「遊女三千」

の威勢と粋と虚栄があった。

幹次郎は心の中で、

(これが明日から守るべきわが城)

という思いが沸々と湧いてくるのを感じた。

「番方、相庵先生のところに行かれましたか」

「へえ、長吉は吉原が再開する前に戻れるそうですぜ」

「大事に至らずよかった」

「いかにもさようです」

と顎を片手で撫でる仙右衛門の表情になにか穏やかなものがあった。

「お芳さんはお元気ですね」

幹次郎が訊いた。

「相変わらずでさあ」

「半襟の効果はございましたので」

仙右衛門が幹次郎に顔を向けて、

「お芳め、驚きやがった」

と苦笑いした。

「なんと驚かれましたな」

「兄さんが半襟を買ってくるなんてどんな風の吹き回しだというのです。考えてみりゃ、おれたちの付き合いも二十数年になりましょう。だが、扱き帯一本、トンボ玉の簪ひとつ買って与えたことはございませんや。それでお芳が驚きやがったので」

「快く受け取っていただけましたか」

「なんか下心ありそうね、兄さんがこんなことをするのは最初で最後、頂戴しておくわとさっさとね」

「受け取られましたか」

「へえ」

「よかった」

と幹次郎がしみじみと呟き、さらに言った。

「番方、覚悟をなされ」

仙右衛門が幹次郎の言葉に、

「わっしも神守様のようにさ、お芳の手を引いて吉原を逐電しとうございましたよ。だがね、おれに勇気がないばかりにこの様だ」

「なにも逃げることが首尾を遂げることではございませぬ。番方とお芳さんのように幼いころの夢を生まれ育った吉原で育んでかたちにするのが大人の恋かもしれませぬ」

「大人ね、妹のようなお芳です。色恋なんぞの感情はわっしらの間に一切ございませんので」

　と答えた仙右衛門の顔がいつもより紅潮して見えた。

「長吉どののことでお芳さんには面倒かけたのです。番方、どこぞにお芳さんを連れて慰労にお出になられませぬか」

「えっ、そんなことをしなきゃあなりませんかえ」

「お芳さんは番方が声をかけなさるのを待っておられましょうな」

「そんなこと考えておりますかね。相変わらず愛想なしのお芳ですぜ」

「吉原会所の番方に男女の仲を指南するようだが、この際神守幹次郎の申すことを聞き入れてくれぬか」

　仙右衛門が視線を幹次郎から緩く蛇行する五十間道に向け直して、考え込んだ。

「どこに連れていけばいいんだか」

「並木町の料理茶屋というわけにもいきますまい」

「玉藻様や汀女先生の助けを借りるのもいささか恥ずかしゅうございますぜ」

　幹次郎は大門前から隅田川の流れる東の方角を見た。

「番方、川を渡って向こう岸からおふたりが生まれ育った吉原を眺めるというのはどうですね」

「竹屋ノ渡しに乗れって、申されますかえ」

「いかぬか、この考え」

仙右衛門も東の空を見た。

会所の若い衆の宗吉らが荷の行き先を確かめるところで大八車や荷を担いだお店の手代たちが長い行列を作り始め、流れが滞るのを幹次郎は見ていた。

宗吉らは必死で荷の運び込まれる先を調べていたが、なにしろ同時に多くの引っ越し荷が押しかけていた。

それを見物する野次馬連も五十間道の左右に集まって時ならぬ騒ぎになった。

長い行列に飽きた人足たちには、大八車を離れて、こちらも新築成ったばかりの五十間道の外茶屋の軒下に行き、煙草を吸い始める者もいた。

すでに開店している甘酒茶屋の縁台に座って名物の甘酒と酒饅頭を頼むお店の番頭と小僧もいた。

「わっしは仕事柄隅田川の両岸を承知ですが、お芳は廓外に出たとはいえ、川向こうに行ったことがあるかどうか。いえね、この歳月、お芳がどんな暮らしをしていたのかさえ、わっしは知らないんでございますよ」

「豊後の国者が吉原育ちの番方に説教するようだが、お芳さんを長命寺でもよい、亀戸天満宮の魚料理屋でもようございます。ふたりで静かに話し合えるところにお誘いなされ」

「相庵老先生が許してくれますかね」

「番方なればたちどころにお許しが得られよう」

「そうでございますかね」

御用に当たっては素早く決断し、即座に行動に移す仙右衛門があれやこれやと考えて、迷っていた。

「神守幹次郎の申すこと、信じられませぬか」

「いえ、そうじゃねえんで。半襟一枚で驚いたお芳が腰を抜かすんじゃねえかと思ったんでさ」

「それもまた一興にございますぞ」

「神守様は他人事だと思うて」

はっはっは、と笑った幹次郎が、

「お芳さんは番方からの誘いをこの十数年待ってこられたんです。その志に応えなされ」

「神守様、分かりました」

　と仙右衛門が幹次郎の顔を見て答えたとき、五十間道の中ほどの甘酒茶屋から悲鳴が上がった。

　引っ越し荷を調べていた会所の若い衆が飛んでいくのが見えたのと同時に幹次郎も仙右衛門も行動を起こしていた。

　五十間道に集まっていた楼の男衆や人足やお店者(たなもの)や野次馬が、

　どっ

　と悲鳴の場に駆け寄ろうとしてあちらこちらで混雑が起きていた。

「すまねえ、道を空けてくんな！」

　仙右衛門と幹次郎は人込みを掻き分けて、悲鳴の聞こえた甘酒茶屋に突進した。

「宗吉、どうしたえ」

　と仙右衛門が、甘酒茶屋の緋毛氈(ひもうせん)を敷いた縁台に腰を下ろした番頭風の男になにかを問い質す宗吉に、怒鳴るようにして訊いた。

「番方、番頭さんが甘酒を飲む間に祝儀を入れた袱紗包みが消えたというので」

「番頭さん、おまえ様は」

「へえ、本石町十軒店(ほんごくちょうじっけんだな)の紅屋村山金蔵(べにやむらやまきんぞう)の番頭の蓑蔵(みのぞう)にございます」

「紅屋の番頭さんか、祝儀を盗まれたとはどういうことだ」

「魚河岸(うおがし)の旦那衆が三浦屋の薄墨様に特製の猪口紅(ちょくべに)を注文なされ、それを贈り物の台になされた金百両と一緒に新築成った三浦屋に届けるように命じられて、吉原を訪ねていくところにございます」

「分かった。祝儀の品をどこに置きなさった」

「この膝の横にちょっとの間だけ、横を向いた隙にもうなくなっていたんでございます」

「横を向いた。大金を預かって不注意だったね」

と仙右衛門が言い、辺りを見回した。

騒ぎの現場を一間ほど空けて野次馬や人足たちが取り囲んで見ていた。

「番頭さん、横を向いたにはわけがあるのかな」

幹次郎が問うた。

「へえ、ちょうどこちらに猿回しが肩に猿を乗せて、太鼓(たいこ)を叩いたのでついそちらに目が」

「猿回しとな、どこにおる」

という幹次郎の声に真新しい法被(はっぴ)を着込んだ人足のひとりが五十間道の西北側、材木町(ざいもくちょう)、花川戸町(はなかわどまち)、山之宿町(やまのしゅくまち)などの入会地(いりあいち)を指した。

「猿回しが姿を消したのは、いつのことだ」

幹次郎が人足に訊いた。

「番頭さんが悲鳴を上げた直後と思ったがな」

仙右衛門が幹次郎の顔を見て、

「宗吉、番頭さんを会所にお連れしねえ」

と言い残すと幹次郎とふたり甘酒茶屋の横手の道から入会地に走った。

入会地には霞がかかったようで春おぼろの景色が広がっていた。

「番方」

幹次郎が仙右衛門に声をかけた。その視線を辿った仙右衛門が、

「金次らが追ってましたか」

と満足げな声を上げると着流しの裾を片手に手繰り、日本堤の土手下に向かって走り出した。

そこには金次や宮松らが猿回しと対決していた。

猿回しには鳥追い女と浪人者の連れがあった。

走り寄るふたりの目に浪人者が刀を抜き、ぎらりとそれが春の日を受けて輝き、
猿が、

きえっ！

と威嚇(いかく)する声が絡まった。

金次らも長半纏の腰帯に差していた木刀を抜いて構えた。

その様子を土手上から数人の男たちが見ていた。その中には絹物を着た旦那然とした者も交じっていた。

「待て、待ちやがれ！」

と叫んだ仙右衛門の声に浪人が振り上げた刀を金次目がけて振り下ろした。片手殴りの一撃だが、なかなか鋭(するど)い振り下ろしだ。

金次が木刀で受けたが衝撃で腰砕けにその場に押し潰された。それが幸いして木刀に刃が食い込んで止まった。

そこへ幹次郎と仙右衛門が駆けつけてきた。

「金次、ようやった。あとは任せねえ」

「番方、鳥追い女が後ろ帯に袱紗包みを隠し込んでいるぜ」

「よし」

仙右衛門がずいっと、刀を構え直す浪人の前に進むと、
じろり

と三人を睨み据えた。

「てめえら、江戸者じゃねえな」

「それがどうした。町方でもないおまえらが御用風吹かせてとんだ言いがかりをつけると許さぬぞ」

と浪人が口を歪めて嘯（うそぶ）いた。

「吉原には吉原の定法があるんだよ」

「吉原は大門を潜った先だよ」

と猿回しが喚くと、猿がまたきいっと威嚇の吼（ほ）え声を上げた。

「猿回しの旦那、五十間道も吉原の廓内と看做（みな）されるのさ。てめえらが引っ越し騒ぎに乗じてひと稼ぎをしようたって、そうは問屋が卸（おろ）さないぜ」

ふうん

と鳥追い女が鼻で応じて、

「矢根嵩（やねだか）の旦那、やっちまいな。早々にとんずらするよ」

と顎で命じた。

矢根嵩と呼ばれた浪人者の刀の切っ先がぐるりと転じて、仙右衛門に向けられた。

「番方、代わろう」

と幹次郎が前に進み出た。

「何者だ、貴様は」

と浪人が血走った両目を向けた。

「吉原会所の用心棒でな、ときに吉原裏同心とも呼ばれる」

「なにっ、吉原裏同心とな」

相手の矢根嵩が初めて刀の柄を両手で保持した。

「修羅場剣法、いささか手荒い」

宣言した矢根嵩が両手に保持した剣を頭上に高々と突き上げた。

幹次郎は間合一間でただひっそりと立っていた。

対決を見た猿回しと鳥追い女がその場から逃れようとした。すると仙右衛門が無言で金次に合図を送り、その逃れる先を塞いだ。

「てめえらにはこれから大事な用事があるんだよ」

「糞っ」

と鳥追い女が吐き捨てると幅広の帯に隠し持っていた懐剣(かいけん)を抜いて逆手(さかて)に構えた。

幹次郎は矢根嵩の左手が柄から外されたのを見ながら、腰をわずかに沈めた。

それが動きのすべてだった。

「おぬし、居合を遣うのか」

と矢根嵩が蔑むように言った。

「小早川彦内先生直伝の眼志流をな」

「眼志流じゃと、田舎剣法か」

「加賀領内金沢外れにお住まいじゃったゆえ、そう呼ばれても仕方あるまい」

と幹次郎が答えると矢根嵩が自由になった左手で脇差を抜いた。

「居合は一撃目を仕損じれば、その場で終わる」

「脇差で受け止めると申されるか」

「さあてどうかな」

矢根嵩は両目を細く閉じ、瞳孔の動きを幹次郎に察せられないようにした。

幹次郎のほうから仕掛ける要はない、ただ待てばよい。

矢根嵩にとって誤算だった。

時が流れ、五十間道の方角から歓声が起こった。

その瞬間、矢根嵩が動いて踏み込んできた。脇差が先に動いて幹次郎の居合技を牽制（けんせい）した。

だが、幹次郎に迷いはなかった。

後（ご）の先（せん）で応じながらこの日腰間（ようかん）にあった無銘の剣、刃渡り二尺七寸（約八十二センチ）を鞘走らせると光に変じさせた。

同時に矢根嵩の頭上の剣が幹次郎の脳天に落ちてきた。

ちゃりん

と脇差と二尺七寸の大業物がぶつかり、腰の据わった抜き打ちが脇差の刃を両断すると矢根嵩の胴に食い込んで横手にふき飛ばしていた。

鳥追い女が悲鳴を上げ、猿回しの猿が恐怖の鳴き声を上げた。

「横霞み」

幹次郎の口からこの言葉が漏れたとき、勝負は決着していた。

鳥追い女の手から懐剣がぽろりと落ちた。

三

「またおぬしか」

吉原面番所詰めの隠密廻り同心、村崎季光の面に怒りが奔り、幹次郎の行為を面罵した。

「神守幹次郎、裏同心と裏がついておることをおぬし、勘違いしておらぬか。同心はあくまで町奉行所属のわれらがことである。それをいい気になって大根でも叩き斬るように、いくら悪さをしたとは申せ、命を絶つとはどういうことか」

昼下がりの日本堤下に村崎同心と若い見習い同心の三木清助が小者を引き連れて駆けつけてきた。筵をかけられた矢根嵩某の骸を見て、いきなりがみがみと怒り始めた。

それに勢いづいたのは鳥追い女だ。

「旦那、いかにもさようですよ。吉原裏同心らがいきなり私どもに斬りかかってきて、矢根嵩源八郎様を斬り殺したんですよ。いくらなんでも白昼乱暴じゃございませんか」

「なにを抜かすか、おめえの後ろ帯の間から顔を覗かせている袱紗包みはどうした」

鳥追い女の言い分に金次が言い返した。

村崎が金次をじろりと睨んで、

「下郎、町方同心の取り調べの最中に口を挟むでない！」

と怒鳴りつけた。

「村崎様、お言葉を返すようですが、こいつらが結託して引っ越しの最中の五十間道で百両入りの袱紗包みを盗んだ上に騒ぎに紛れて逃げようとしたんですぜ。それをここまで追ってきて制止しようとしたわっしにいきなり斬りかかったのは、そこに転がっている骸の旦那だ」

金次が斬りつけられた木刀を見せて反論した。

「黙れ、黙れ！　隠密廻り同心村崎季光に盾突く気か」

と村崎が激昂した。

「金次、控えねえか」

仙右衛門がさらになにか言いかけた金次の口を塞ぎ、

「姉さん、後ろ帯の間の袱紗包みはおまえさんのものかえ」

と鳥追い女に訊いた。

「そこの土手道で拾ったものでさ、町奉行所に届けようと帯の間に入れていたものさ。だけど、田舎者の悲しさ、町奉行所がどこにあるか知らないものだからつい迷っちまって、こんなところに出たところを吉原会所の連中が木刀で殴りかかるわ、裏同心の旦那がうちの矢根嵩様を斬り殺すわと、まあ、非情なことをしのけたんですよ、お役人」

鳥追い女が村崎に縋るような眼差しで主張した。

「その方ら、弾左衛門支配下の者であろう。弾左衛門を通じて無法を町奉行所に訴えてもいいぞ」

村崎が鳥追い女を唆すようなことを言った。

「旦那、私ら、鳥追いのおあえ、猿回しの弐吉、むろん弾左衛門様支配下の者にございますよ」

「よし、しかるべき処置を考えよう」

鳥追い女のおあえに約定した村崎同心が、

「仙右衛門、神守幹次郎の身柄、うちに預かる」

と脅しつけた。

「村崎様、百両をかっ掠った相手を咎めずうちの行いを罰しようというのですかい」

「仙右衛門、女の主張では百両は拾ったもので、これから町奉行所に届けようとしておったと申しておるではないか。罪咎どころか、殊勝な者をどうして咎められる」

と村崎が仙右衛門に言い放つと、見習い同心に、

「清助、裏同心どのから人斬り包丁を取り上げよ」

と命じた。

そのとき、土手上から長閑な声が降ってきた。

「お役人、いささか乱暴な裁きですな」

声の主をその場の全員が見上げると日本堤の傍らに床几を置いてひとりの男が悠然と煙管で煙草を吸っていた。その背後に連れの者たちが控えていた。

「お頭でございましたか」

仙右衛門が頭を下げた。

浅草の地に屋敷を構えて、関八州に隠然たる力を発揮する弾左衛門その人だ。村崎季光も弾左衛門を認めて露骨に嫌な顔をしたが、貫禄が違った。

「弾左衛門どの、どこが乱暴にござるかな」

「まずそやつら、鳥追い女と猿回し、この弾左衛門支配下と申すが、われらが鑑札を与えた事実はございません。いわゆる潜りの鳥追いと猿回しにございましょうな。それに半年も前から鳥追い女、猿回し、浪人剣客の三人組が関八州の祭礼

の場であれこれと盗みを働くという訴えが、この弾左衛門のところにも届いておりましてな」

という弾左衛門の言葉に、

あっ！

と驚きの声を上げたのは見習い同心の三木清助だ。懐に手を突っ込むと分厚く折り畳んだ手配書を広げてめくっていたが、

「村崎様、こやつらですよ。代官領や大名領からあれこれと盗みを働く鳥追い女のおあえ、猿回しの弐吉、用心棒の矢根嵩源八郎の三人組の手配がうちにも届いておりました」

三木清助の言葉に、

うっ

と詰まった村崎が、

「清助、そのようなことで見習い同心が務まると思うか」

と見習い同心を叱りつけた。

形勢が悪くなったとみた鳥追い女のおあえがこそこそとその場から逃げ出そうとした。

「姉さん、やめときな。おめえはお白洲のお調べが待っている身だ」

仙右衛門がおあえの動きを牽制して、

「村崎の旦那、おあえの帯の間の袱紗包み、調べさせてもらってようございますか」

と村崎に願った。

「鳥追い女はあちらこちらから手配書が回っている身となれば話は別だ。許す」

仙右衛門の合図で金次ら若い衆がおあえの幅広の帯の結び目に突っ込まれた袱紗包みを抜き取った。そして、袱紗包みを開くとそこには祝いのしが掛けられた桐箱が姿を見せた。その表には、

「引越し祝い三浦屋薄墨太夫　魚河岸一同」

と書かれ、裏を返すとその隅に、

「本石町十軒店紅屋村山金蔵謹製」

の文字が書かれてあった。そして桐箱を開くと猪口紅の台に二十五両の包金四つがあった。

「村崎様、こいつは五十間道の甘酒茶屋の縁台から消えた祝いの品と百両に間違いございませんぜ」

と村崎季光に確かめさせた。

「仙右衛門、その包み、われらが預かり、紅屋に返す」

「いえ、この祝いの品はわっしらの手から番頭さんにお返し申しましょう。ですが、鳥追い女のおあえ、猿回しの弐吉、骸ひとつはそちらにお渡し致しましょうか」

と言い切ると、

「金次、宮松、この場の始末は面番所がなさる」

と告げた。

幹次郎は土手上の床几の人、浅草弾左衛門に頭を下げると、

「お頭、危ういところお声をかけていただき、助かりました」

「神守幹次郎様と汀女先生の噂は、あれこれとこの弾左衛門の耳にも入っておりますよ。これからも吉原の遊女衆を手助けして精々働きなされ」

と鷹揚に挨拶を返し、幹次郎は腰を折って頭を下げた。

吉原会所に鷲神社から神主が呼ばれて、一旦鳥追い女のおあえの手に落ちた猪口紅と百両の祝いの袱紗包みのお祓いが行われて、清められた。

その儀式のあと、

「番頭さん、お返し申しますぜ」

と袱紗包みが紅屋村山金蔵の番頭蓑蔵の手に戻された。

「会所の皆さん、なにからなにまで世話になりました。一時は大川に身を投げることを考えました。こうやって取り戻した祝いの品と金子にお祓いまでしていただいた。これで三浦屋の太夫は快く受け取ってくださりましょう。遅くなりましたが三浦屋に伺います」

とほっとした表情の蓑蔵が、お礼には改めて参上しますと言い残すと手代を連れて会所から消えた。

「神守様、とんだ災難にございましたな」

と事情を聞かされていた四郎兵衛が幹次郎を労った。

「あの者を無傷で取り押さえられればそれに越したことはなかったのでしょうが、刃と刃の勝負になりましてかような騒ぎを呼びました。それがしの腕が未熟なせいにございます」

幹次郎はそう詫びた。

「七代目、まかり間違えば金次が骸になっていたところにございますよ。それにしても弾左衛門のお頭が見ておられて助かりました」

と仙右衛門が口を添えた。

「番方、お礼の品を早速誂えてな、そなたがお礼に行きなされ」

と命じた。

「へえ、直ぐにも」

番方が会所から消えて、若い衆らはふたたび引っ越しの警戒に戻った。会所に幹次郎と四郎兵衛が残されたのをしおに、

「四郎兵衛様、余計なこととは存ずるが、半日ほど仙右衛門どのにお暇を取らせてもらえませぬか」

と願った。

「この私に直に言い出しかねる私事が番方にはありますかな」

「柴田相庵先生のところのお芳さんとのことにございます」

「先日から玉藻にやいのやいの言われておりましたが、神守様まで一枚嚙んでおいででしたか」

「全くのお節介とは存じましたが、仙右衛門どのとお芳さんの心中を察するとつい」

「世間では吉原者ならばさばけていようとつい考えがちですがな、自分のこととなると、からっきしなんでございますよ。番方があの歳になるまで独り身を通す理由に想いを致すべきでしたな」

と四郎兵衛も悔いの言葉を吐いた。

「お芳さんも仙右衛門どのを兄さんと慕っておられる様子、似合いのふたりと存じました」

「引っ越し騒ぎが一段落した頃合に暇を取らせます」

四郎兵衛が確約して、幹次郎も肩の荷を下ろした気分になった。

「神守様、騒ぎでいささか時が遅れましたが野地蔵を天女池の端に移してございます。私らふたりでお参りして、吉原の遊女三千の守り地蔵、お六地蔵の入魂式を務めましょうかな」

と四郎兵衛が言い出したのは、夕暮れ前の刻限だ。

「神守様、供物(くもつ)はほれ、これに用意してございます」

と奥座敷から水仙、金盞花(きんせんか)、団子など供え物と水桶を出してきた。

「それがしが持って参ります」

荷を手分けして持ったふたりが仲之町に出たとき、この日の引っ越し騒ぎも一段落ついた様子で、茶屋や妓楼から後片づけをする人声が聞こえるばかりだった。

　ふたりは桜の植え込みがなされたばかりの仲之町をゆっくりと歩いていった。桜の植え込みは会所が音頭（おんど）を取って仮宅や茶屋筋に奉加帳を回して集めた金子で植えられたものだった。

　桜の花がぼおっと浮かんで灯りもない仲之町を明るく浮かばせていた。

「あと数日もすればこの桜を華やかに照らす万灯の灯りが戻ってきます」

「清掻（すががき）の調べが懐かしゅうございますな」

「とうとう神守様も吉原者におなりになった」

「こちらにお世話になって何年になりましょうかな」

「私どもは神守様と汀女先生にいくら感謝してもし足りません。言葉は悪いがいい拾い物を致しました」

「それがしと姉様にとって流浪（るろう）の末に辿り着いた安住の地にございます」

「また新しい吉原の日々が始まります」

「いかにもさようです」

　ふたりは揚屋町の通りから蜘蛛道に入り込み、人の気配がする路地を抜けて天女池に出た。すると天女池の一角に真新しい祠が建てられて、禿を連れた花魁がひとり、野地蔵の前にしゃがんで拝んでいた。

しなやかな姿態と素顔に近い横顔の持ち主は三浦屋の薄墨太夫だった。

気配に気づいた薄墨が顔を上げた。

「太夫、見えておいでででしたか」

と四郎兵衛が声をかけた。

「野地蔵の話を汀女先生からも玉藻様からも聞かされておりました。本日、主様の許しを得て、新築成った三浦屋を下見に参りました。帰りに水道尻に立ち寄りましたところ、火の番小屋の爺様にこちらに地蔵様は移されたと聞かされましたので、お参りを思い立った次第でございます」

「この野地蔵にお六地蔵と名づけて神守様とふたりだけの入魂の式を執り行うつもりで来た。遊女三千の代表として太夫が参列してくれれば、死んだお六の魂も喜んでくれよう」

「よいところに来合わせました」

真新しい祠に安置されたお六地蔵に西日が当たり、そのせいで石地蔵の顔に陰影が生じた。

そこへ浄閑寺の和尚清阮が姿を見せた。

「和尚さん、宜しくお頼み申しますぞ」

と四郎兵衛が迎えた。

薄墨が水仙と金盞花を竹筒の花差しに活けてくれ、四郎兵衛が供物を三方に載せて飾った。幹次郎は水桶の水で野地蔵の体を清めた。

最後に四郎兵衛が線香に火を点けて手向けた。

三人と禿の四人がお六地蔵の前に改めて腰を落として両手を合わせた。

清阮和尚の読経の声が池の端に流れた。

こうしてお六地蔵の開眼の儀式は終わった。

お六の魂が地蔵様に宿ったようで地蔵の顔に微笑みがあった。

「薄墨太夫、これからはそなたら三千人の守り地蔵はこのお六地蔵ですぞ」

「お六さんはむろんのこと、小紫さんの魂も鎮まりましょうか」

「死ねばだれもが仏様、お六も小紫を許してくれるとよいがな」

四郎兵衛が呟き、

「さて、俗世間に戻ろうかな」

と池の端から揚屋町の通りに戻っていった。

通りには引っ越しの作業を終えて仮宅に戻る人々の姿があった。大門口は吉原会所の若い衆が立ち、警戒に当たっていた。

「四郎兵衛様、東仲町に帰るのがいささか遅くなりました。神守様に送ってもらうわけには参りませぬか」

と薄墨が四郎兵衛に願った。

「三浦屋の太夫の命の恩人は神守幹次郎様、そなたにはお六地蔵より神守幹次郎大明神が心強い味方かな」

と笑った四郎兵衛が三浦屋の仮宅まで送ることを許した。

四郎兵衛と若い衆に見送られて大門を出ようとしたとき、廓内の楼から清掻の調べが響いてきた。

訥々とした調べの弾き手はまだ若いのか、それだけに聴く人の心に染みていった。

「ようやくここまで漕ぎつけましたな」

「四郎兵衛様方、ご苦労にございました」

「舞台だけは整えました。これからは太夫方の腕の見せ所にございますよ」

四郎兵衛の言葉に頷いた薄墨が大門をあとにした。

大門を太夫とはいえ遊女が勝手気ままに出入りできるのは仮宅ならではの光景

だった。それも三浦屋の主に信頼の厚い薄墨ならではの特権だった。

幹次郎は会所の真新しい弓張り提灯に灯りを入れて薄墨を先導した。

時ならぬ薄墨の姿に五十間道の外茶屋の奉公人や引っ越し帰りの男衆がざわざわと、あるいは呆然として見送った。

「幹次郎様、私が本日新築成った三浦屋に参ったのは魚河岸の旦那衆が祝いの品を届けさせると使いをもらっていたからにございます」

と言い出したのは、浅草東仲町の三浦屋に帰るために近道をしようと浅草田圃に出たときのことだ。

「旦那衆から猪口紅を頂戴致しました」

とさらに言った薄墨が幹次郎の手を不意に握った。

「この品、五十間道で一度は盗まれた品じゃそうな」

「太夫、縁起が悪いと怒っておられるか。四郎兵衛様が鷲神社の神主を呼ばれてお祓いを受けたゆえ、穢れは払ってございますぞ」

「そのようなことを申しておりませぬ」

禿はふたりの前をすたすたと歩いていた。禿とはいえ吉原の住人だ。耳に入った話の一切を聞き流すことを躾けられていた。

「幹次郎様が取り戻してくれなさったこの猪口紅、最初に……」

と薄墨があとの言葉を口の中に呑み込んだ。

「どうなされますな」

と幹次郎が薄墨と目を合わせた。

「そなた様に」

と言った薄墨の唇が幹次郎の唇に一瞬重ねられた。

四

その日の夕暮れ、幹次郎は最後の仮宅の夜廻りに出た。まず牡丹屋の猪牙舟で隅田川を斜めに突っ切るように下り、水戸家の蔵屋敷を回り込んで源森川(げんもりがわ)に舳先を入れた。

同乗するのは番方の仙右衛門と金次と宗吉の三人に船頭だ。若い衆は船頭の足元に集まり、仙右衛門と幹次郎は猪牙の真ん中より舳先寄りに座していた。

一行の顔にどことなく安堵の表情が漂っていた。

この日、小頭の長吉は怪我が癒えて会所に戻ってきた。

むろん外廻りをするには体力が落ちていた。そこで四郎兵衛と一緒に会所に控え、体力の回復を待つことになった。

「小頭が吉原再建を前にわれらが戦列に復帰できたのはなによりのことでした」

「長吉め、いささか無理をしているようにも思えるが、まあひと安心でした」

柴田診療所からお芳が吉原会所まで付き添ってきた。その折り、お芳は、

「相庵先生も四、五日様子をみたほうがよいと何度も申されたのですが、吉原が再開する前に会所に戻っておきたいと長吉さんが聞き入れてくれません。致し方なく退所は認めますが、傷口の薬の付け替えには毎日来させてください。また無理な仕事は当分だめです」

と当人を前にして四郎兵衛や仙右衛門らに厳重に注意した。

「お芳さん、当人のおれが大丈夫と言ってんだからよ、これ以上間違いはねえんだよ。頭取、番方、おれはさ、怪我を負う前となんら変わりないからね。もう仕事に戻っていいんだよ」

長吉はお芳の言葉に抗するように大見得を切ったが、

「相庵先生のご注意を聞かないと言われるのならば、もう一度診療所に戻ってもらいます」

とお芳に厳しく言い返された。

「お芳さん、あんな薬臭いところに戻れるものか。分かったたって、相庵老先生の注意は守るって」

長吉はお芳に約束せざるを得なかった。その様子を四郎兵衛がにこにこと笑って見ていたが、

「お芳さん、こたびもまた世話をかけましたな。刺されたところが刺されたところです、大事になるんじゃないかと心配しましたがね、さすがに老先生のたしかな治療とおまえ様の介抱でこれまで予想外に早く治ることができました。お芳さんの言葉はむろん長吉に守らせます」

と丁重に頭を下げたものだ。

「頭取、くどいようですが、長吉さんの傷は完治したわけではございません。どうか無理だけはさせないでくださいまし」

と願ったお芳がようやく吉原会所をあとにしようとした。

「番方、お芳さんをその辺まで見送っていきなされ」

と四郎兵衛に命じられた番方が、

「お芳はこの吉原で生まれた女でございます。道に迷うこともございませんよ」

「まあ、そう言わず、年寄りの言うことは聞くものです」

と命じられた仙右衛門が嫌々という顔でお芳を先導していった。

「人好き好きというが、番方、あんな気の強いお芳のどこがいいんだか」

それを目で見送っていた長吉がぼそりと呟いた。

「長吉、おまえはまだ女を見る目ができておりませんな。お芳はできた女です、吉原に残っていれば松の位まで出世した逸材ですよ」

と四郎兵衛が言ったものだ。

「番方、お芳さんはなんと申されました」

猪牙舟が源森川から横川に入ったところで幹次郎が訊いた。

「やはりお芳め、この川を渡ったこともございませんでしたよ。わっしらが生まれ育った吉原を川向こうから眺めに行かないかと誘ったら、じいっとおれを見やがって、どういう気なの兄さん、と真顔で問い返されましてな、なんとも弱りました」

「弱ることもありますまい。お約束はできたのですね」

一応はね、と仙右衛門がほっとしたように呟いた。そして、

「吉原の引っ越しが落ち着いたころ、長命寺の桜餅を食べに行くことになりました」

「それはよかった」

「この十数年、お互いに素知らぬ顔で生きてきたことがよかったんだか悪かったんだか」

「そうして、この日を迎えられたのです。おふたりして賢明な気遣いをなされました、一番よい結果でございますよ」

「そうでございましょうかね。ともあれ神守様のご託宣、素直に聞いておきましょうか」

仙右衛門の口調には隠し切れない喜びがあった。

猪牙舟は竪川と交差する北辻橋の橋杭に横着けされて、幹次郎らは河岸道に上がった。ふたつの運河が交差する界隈の裏路地に何軒もの仮宅があった。

この付近は江戸の内海に到着する弁才船の荷の揚げ下ろしに携わる回船問屋や口入れ稼業の店があって、人足たちも裏長屋に住んでいた。

本所入江町はそんな町だが、幹次郎らは一本裏道に入って驚いた。

どこも仮宅の前は人だかりができて賑やかだった。

「仮宅最後の夜だというので客が詰めかけましたかね」

人だかりに切迫感が見えないところを見ると、仙右衛門の予測通りだろう。

一行が最初に見廻ったのは伏見町の小見世のとんぼ楼だった。素見の客が集まる格子窓の前に四斗樽がでーんと置かれて、客と女郎衆が柄杓酒を酌み交わしていた。

「ほう、最後の夜というので、主が四斗樽を据えましたな」

「とんぼ楼、なかなかの趣向ですね」

仙右衛門と幹次郎は人込みを掻き分けてとんぼ楼の暖簾を潜った。するとさほど広くもない土間に客が溢れ、順番を待っている様子が窺えた。

「番頭さん、気張りなさったね」

と仙右衛門が番頭に話しかけると、

「番方、うちだけではありませんよ。この界隈の仮宅がね、話し合って無事の五百日の商い納めを感謝しようと見世の前に四斗樽を据えたのです。そのせいか大勢のお客様がかように詰めかけて、遊女衆と格子越しの別れを惜しんでくれていますのさ」

「商いそっちのけですか」

「いえね、座敷にお上がりになるお客様もおられますが、さすがに本所の男衆は粋ですね。座敷で馴染になにがしかの祝儀を握らせて、床にも入らず次の客と交替なされるのですよ」

「驚きましたな。この土間のお客様もそのようなお方ですか」

「そういうことだ、兄さん」

と日焼けした顔が仙右衛門に言いかけた。船で仕事をしている男か、気風(きっぷ)がなんともいい。

「有難うございます。とんぼ楼は今宵を最後に吉原に戻りますが、明晩からも馴染の遊女衆を宜しくお願い申します」

と長半纏の仙右衛門が思わず礼を述べると、

「任せとけって」

と今度は人足らしい兄さんが胸を叩いた。

「ただよ、わっしらはこの格子越しに気軽に話せる仮宅が気兼ね要らずでよかったね。大門を潜るとなると形(なり)も変えなきゃなるまい。なんだか他人様(ひとさま)の家に寄せてもらうようで通いづれえや」

「兄さん方、吉原には松の位の太夫が控える大籬から気軽に遊べる局見世まで揃ってございます。そう構えることなく仮宅で馴染んだ遊女衆に時候の挨拶に出向いてくだせえ」

と吉原会所の番方が挨拶すると土間で待つ男衆から、

「そう頼まれてはかかあの腰巻質入れしても吉原に時候の挨拶に出向かにゃなるめえよ、な、熊」

とか、

「万事はこの助三郎が呑み込んだ」

とか声が飛んだ。

そんな光景が本所の裏路地にある仮宅のどこでも展開されていた。

四斗樽の酒にほろ酔い気分もあってか、仮宅から仮宅へ柄杓酒を求めて渡り歩く素見もいた。だが、見世側は馴染とか、素見の区別なく無事に仮宅五百日を打ち上げる喜びで応対した。

仙右衛門ら一行はさらに本所から深川に回ってみた。が、どこの楼も商売抜きに客の接待をして、客の側でもそれに心意気で応えていた。

花伊勢に立ち寄ると、仮宅の夜を最後に女郎の務めを退くお蝶が振袖の襟元や髷に割り箸に挟んだ小粒や小判を簪のように何本も差し込んで、張見世の中に鎮座していた。

「お蝶さん、どうしなさった」

「番方、鉄さんが最後の夜だと小判飾りの割り箸簪を髷に差してくんなました。それを見たお馴染様が次々にそれを真似て、小粒簪をお蝶の体に飾ってくれたのでありんすわいな」

と格子の向こうで最後のありんす言葉で説明した。

割り箸簪がなんとも誇らしげで、行灯の灯りに黄金色にきらきらと輝いていた。お蝶の顔も感激に紅潮していた。

幹次郎は、真向かいの軒下の暗がりから見世の賑わいを見つめる鉄次の姿を認めて歩み寄った。

「鉄次どの、今宵がことは夢のまた夢。明日からはお蝶さんはそなたひとりのおかみさんです。夢の時代を現の暮らしに持ち出してはなりませぬぞ」

と余計なお節介を口にした。

「裏同心の旦那、おれは女郎をかかあにするんじゃねえんで。年季奉公が明けた幼馴染のお蝶を嫁にするんでございますよ」

「余計なことを言うてしもうたな。お蝶さんを大事にな」

「へえ、旦那方の親切は、おれもお蝶も忘れるこっちゃあ、ありませんや」

格子窓の向こうからお蝶がふたりを手招きしているのが見えた。

幹次郎と鉄次が格子に歩み寄ると、雲を衝(つ)くような丸坊主の大男が、

「聞いたぜ、兄さん。お蝶さんを嫁にする幸せ者だってな、大事にしてくんなよ」

と柄杓酒を鉄次に突き出した。

「仮宅がなくなるのもお蝶さんの顔を拝めなくなるのも寂しい。だがよ、今宵は、この兄さんとお蝶さんの仮祝言だ。ご一統、いいな、格子窓越しの三三九度、とくと見ておくんだぜ」

と潮風で鍛(きた)えた喉で告げた。貫禄から察して千石船の主船頭か。

おおっ
と花伊勢の内外にいた客が応じて、鉄次が震える手で柄杓酒を三度呑み分け、格子の間からお蝶に渡した。

「大和丸(やまとまる)の主船頭の媒酌(ばいしゃく)でお蝶は鉄さんの嫁になります」

と応じたお蝶が柄杓に残った酒をゆっくりと呑み分けた。

「鉄さん、お蝶さん、今宵はめでたいや」

思いがけなくも幹次郎らは、大和丸の主船頭の蛸入道の計らいで鉄次とお蝶が夫婦になる場に立ち会った。

花伊勢の格子の向こうから三味線、鉦、小太鼓、笛の祭り囃子が始まって、最後の仮宅の夜はゆっくりと更けていった。


吉原会所の御用提灯を点した猪牙舟が越中島と深川相川町の間に口を開けた堀から大川河口に出たのは、四つ半（午後十一時）を過ぎていた。

「会所の者がこんな気持ちになっちゃあいけないいんだが、祭りが終わりかけたようでなんだか寂しゅうございますな」

と仙右衛門が呟いた。

「番方、仮宅商いを通じて吉原という色里を改めて見直しました」

「どんな風にでございますな」

「京の島原を知らずして申すのはなんですが、かような御免色里はどこにもないように思えます」

「たしかに元吉原もわっしらが知る浅草田圃の吉原も京の島原を真似て作られたものでございますがな、今では島原とは異なった雰囲気の色里にございましょうな。わっしは今晩くらい、吉原で生まれてよかったと思ったことはございませんや」

「そう、番方と鉄次どのには格別の宵になりました」

「ほう、鉄さんの幸せと一緒の列にこの仙右衛門を加えてもらえますので」

「いささか事情は違うが、吉原の人情と粋と気風が二組の夫婦を生み出したと言えませぬか」

「そう聞いておきますか」

と応じた仙右衛門が、

「明日からはもはや大川渡りもございませんや」

としみじみと言ったものだ。


猪牙舟は、吾妻橋下の浅草寺物揚場に舳先をぶつけて泊まり、仙右衛門らは浅草寺門前町の仮宅巡りに向かった。

この界隈には吉原の大籬が仮宅を構えていた。さすがに本所や深川の気楽な雰囲気とは違って落ち着いていた。

料理茶屋山口巴屋にも未だ灯りが点っていた。

仮宅の遊女に挨拶に行った客が料理茶屋の山口巴屋に流れたものであろうか。

「今晩だけは町奉行所も夜半過ぎまでの商いのお目こぼしをしてくれますんで」

と仙右衛門が幹次郎に言い、

「もっともそのために吉原は町奉行所をはじめ、あちらこちらにだいぶ口封じの小判を撒いておりますがね」

と苦笑いした。

一行は並木町から浅草東仲町の三浦屋の仮宅に向かった。

三浦屋の格子窓の向こうには遊女ひとりの姿もなく、行灯のぼんやりとした灯りが無人の張見世を照らし出していた。

三味線の爪弾きが三浦屋の二階座敷から流れてきて、障子の向こうに遊女の影と思える姿が映じて、ひとつ行灯の灯りが消えた。

本所深川の賑わいとは一転してこちらはしっとりとした雰囲気で仮宅五百日が終わる最後の夜の景色が見られた。

遊女が影絵になって消える様に、幹次郎はふと浅草田圃で薄墨太夫が取った大胆な行動を思い浮かべた。

薄墨は魚河岸の旦那連中が新しい吉原に戻れる祝いに贈った猪口紅を最初に付

けた唇を、幹次郎の唇に押しつけたのだ。

たったそれだけの行為だった。

その瞬間、幹次郎は遊女三千の頂点に立つ薄墨が震えているのを感じ取っていた。

「神守幹次郎様は薄墨の命の恩人」

「忘れてくだされ」

「幹様は薄墨の生きがいにございます」

と耳元で囁いた薄墨が背筋をすうっと伸ばして浅草田圃の畦道を歩き出したのだった。

幹次郎は三浦屋の仮宅の灯りがまたひとつ消えるのに目を留めた。

「神守様、ご苦労にございました」

「これで仮宅は終わりですな」

「いかにもさようです」

「明日からはまた新しい吉原の暮らしが始まります」

三浦屋の仮宅前で言い合った仙右衛門と幹次郎は、金次と宗吉の下げた提灯の灯りを頼りに東仲町から広小路に出た。

そのとき、時鐘が九つ（午前零時）を打ち出した。その音が尾を引くように江戸の町に流れていく。

「金次、仲見世を抜けるぜ」

と番方が命じて、金次がへえっと短く応じた。

仙右衛門一行はひっそりとした仲見世を抜けて浅草寺本堂前に出ると、吉原の引っ越し無事を願ってお参りした。そして、その足で随身門から浅草寺寺中の間を抜けて、日本堤に出た。

するとひゅっと音を立てて、隅田川から風が吹きつけてきた。夜風とはいえ春の東風だ。どことなく温もりが漂う旋風だった。

仮宅の　幕を下ろすか　春嵐

幹次郎の胸の中にそんな言の葉が浮かんだ。

段々に五七五がひどくなっていくのは忙し過ぎるからか。姉様にはとても披露はできないなと思いながら、一行とともに見返り柳に辿り着いた。

大門まで五十間道が右に左に蛇行しながら下っていた。

両側の引手茶屋は引っ越しの疲れにすでに眠りに就いていた。

幹次郎らは犬の影ひとつない五十間道を下り、閉じられた大門が見える場所まで戻りついて足を止めた。

鉄漿溝と高塀に囲まれた二万七百六十余坪が仙右衛門の、幹次郎の、金次の、そして宗吉の明日から頼るべき吉原だった。

今、一夜千両が降る町は、森閑とした眠りを貪るように息を潜めていた。

だが、明日からこの地に遊女三千が五百日ぶりに戻ってくるのだ。天下御免の色里が蘇るのだ。

幹次郎らは無言のまま、見ていた大門に向かって歩いていった。

第五章　遊女の噓と真（まこと）

一

仮宅五百日が明けて再建された吉原を迎えた日、江戸は雲ひとつない晴天で初夏の陽気であった。

今戸橋から日本堤の両側に紫の菖蒲（あやめ）の花が植え込まれて、見返り柳のある衣紋（えもん）坂（ざか）まで延びていた。

早朝から吉原の廓内で働く男衆や女衆が贔屓筋から贈られた座布団や仮宅で使っていた家財道具などを抱えて続々と衣紋坂から五十間道、大門へと詰めかけていた。

その大門では左手に南北町奉行の代理として内与力、隠密廻り同心が打ち揃い、この日ばかりは晴れがましくも内与力は真新しい羽織袴、同心は巻羽織に黄八丈の着流しに雪駄履きで立ち、右手には吉原会所の番方仙右衛門、小頭長吉、若い衆がこちらも新調の長半纏で居流れて、

「どなた様もお帰りなせえ」

「本日は祝着至極にございます」

などと出迎えていた。

四郎兵衛と幹次郎は会所の中に控え、格子窓越しに吉原が旧に復する光景を眺めていた。

幹次郎はすでに吉原の住人には馴染だが、裏同心なる職が公に認められたわけではない。ゆえにハレの日は表に顔を見せることを遠慮した。

昼九つ（正午）前、引っ越しの人々の列はようやく絶えた。代わりに蜘蛛道の奥で家財道具を片づけたり、小店の棚に品を並べたりの気配が伝わってきた。

さらにその物音も絶えた。

そのとき、どこか遠くで、

ちゃりん

鉄棒の鉄環が鳴る音がした。

鳶の連中が和する木遣り歌が流れ、手古舞姿に扮した禿の甲高い声が加わってゆっくりと大門へと近づいてくる様子が大門で待つ人々の脳裏に浮かんだ。

この刻限になると大門に通じる五十間道の左右も日本堤の両側も、いや、対岸までも見物の大群衆に埋まっていた。さらに見物人の群れは今戸橋から浅草御蔵前通りに延びていた。

「ようやくこの日を迎えることができました」

と四郎兵衛がしみじみと漏らした。

「頭取、ご心労お察し申します」

幹次郎は呟きにも似た言葉で応じた。

吉原が再建されるためには幕府との交渉ごとに始まり、莫大な資金集めまでが吉原を牛耳る大旦那衆、なかんずく七軒茶屋の筆頭山口巴屋の主にして、吉原会所の七代目頭取四郎兵衛の両肩に掛かっていたのだ。

木遣りの声はだんだんと大門に近づいてきた。

そのとき、会所の戸口に人影が立った。

「おや、亀鶴楼の鯉左衛門さん、どうなされたな」

と四郎兵衛が吉原の祝いの日だというのに思いつめた表情の主に問うた。

「七代目、ちょいと相談が」

「まあ、こちらへ」

と上がり框に座布団を四郎兵衛自ら敷いた。

へえ、と応じた鯉左衛門がふうっとひとつ大きな息を吐いて座布団に腰を下ろし、

「うちの瀧瀬が狙われておりますので」

と唐突に言った。

そのとき、幹次郎は鯉左衛門の表情が見える土間に身を移していたが、その顔にはうんざりした様子が見えた。

ちなみに揚屋町の亀鶴楼は、中見世だ。こたびの仮宅商いで利を得た妓楼の一軒だった。この中見世、揚げ代が二分以上の遊女の他に、二朱の遊女も抱えているので、交じり見世とも呼ばれた、亀鶴楼もそんな妓楼だ。

「瀧瀬さんが、またどうしたことで」

幹次郎は亀鶴楼の瀧瀬が仮宅の間にぐんぐんと力をつけて、お職だった大瀬を抜いて稼ぎ頭になったことを承知していた。

今日の吉原戻りには晴れがましくも亀鶴楼の筆頭女郎として大門を潜る遊女だ

った。

「瀧瀬が武家の女房だったことは承知ですな、七代目」

「たしか御家人ながら百俵高御畳奉行金子孫十郎様の女房だったと承知していますがな」

「七代目の仰る通り、瀧瀬ことおきえは金子様と祝言を行い、女房になりましたが夫婦の暮らしは一年に達しておりません。金子様が畳奉行の地位を利用して畳問屋に便宜を図り、賄賂を常習的に懐に入れていたことが目付筋にばれて、小普請組の無役に落とされたのです。その後も所業改まらずと結局直ぐにお家が取り潰されました。それが仮宅に出る半年も前のことにございましたよ」

「ほう」

さすがに四郎兵衛はその経緯までは知らなかったか、相槌を打った。

「金子様が切腹を免れたには、まだ十八歳だった女房のおきえが亀鶴楼に身を売って作った金子を目付筋をはじめ、あちらこちらに配られたという経緯がございます」

「なんとけなげな女房ではないか」

首肯した鯉左衛門が、

「金子様は本家筋の所領地で半年ほど謹慎していたそうですが、金子家の再興ならずと知った今から一年も前、江戸に舞い戻ってきました。そして、仮宅に顔を見せるようになったのです」

「瀧瀬に会いに来たのですな」

「はい。ですが、もはや夫婦であった当時とは大きく事情が異なっておりました。金子様は畳問屋などから賄賂が入り、羽振りのよかった御家人のころとは違い、尾羽うち枯らしていた。かたやおきえはうちに入って、女郎稼業が肌に合っていたと見えて上客がつき、今やうちの稼ぎ頭にございます」

「女と男、落ちるところに落ちると女が逞しさを発揮することがままございますな」

「いかにもさようです。格子越しに恨みがましい目で瀧瀬を眺めているばかりか、格子越しにあれこれと泣いて訴えるようになり、うちでは金子様を帳場に呼んで、あれこれと言い聞かせました。縁起商売の見世先で呪詛するような目つきで湿っぽく立っていられたのでは商いにも差し支えます」

「でしょうな」

「言い聞かせた当座はしばらく足が遠のくのですが、ひと月もすると元の木阿弥、そこで金子様の本家、旗本三百二十石の依田源右衛門様方に手土産持参でお願いに参ったこともございます」

「効き目がございましたか」

四郎兵衛の問いに鯉左衛門が顔を横に振った。

「なぜうちに相談してくださらなかった、鯉左衛門さん」

「今となっては悔やまれます。瀧瀬は昔の亭主と縒りを戻す気などさらさらございませんし、またできるわけもございません」

と言った鯉左衛門がちらりと幹次郎を見た。

「会所に訴え、金子様が刀を抜くようなことがあって神守幹次郎様と対決して斬られるようなことになる、それだけは避けたいと瀧瀬が泣いて頼むものですからつい」

「鯉左衛門さん、うちの神守様はめったやたらと人を斬るお方ではございませんぞ。刀を抜くには抜くの、斬るには斬るの曰くがあってのことです」

四郎兵衛の語調が俄かに険しさを増した。

「七代目、私は承知していますって。ですが、だれに吹き込まれたか、瀧瀬はそう頑固に言い張るのでつい会所に相談しなかったのです、それが悔いの種にございますよ」

「それが本日の相談につながるのですな」

はい、と四郎兵衛の権幕にうな垂れた鯉左衛門が頷き、

「昨夜遅く、金子様が客のいなくなった格子窓に縋って、昔の女房に『それがしと心中してくれ』と哀願したそうです。瀧瀬が『もはやそなた様とは亭主でもなし、女房でもありません、私は身を売り買いされる遊女にございます。孫十郎様が懐に黄金色の小判を持って登楼なさるならば、女郎の務めを果たします』と答えると、『おのれ、売女になり下がったか、明日の吉原戻りは決して許さぬ、おまえを叩き斬っておれも自害する』と物凄い形相で言い残して闇に姿を消したそうでございますよ。そのことをつい最前、瀧瀬が言い出したものですから、四郎兵衛様のお叱りを承知で罷り越しました」

と頼みの筋を告げた。

「亀鶴楼の仮宅の出はいつでしたな」

「八つ半の指図を会所から受けております」

もう直ぐ八つ（午後二時）の刻限だ。

幹次郎は上がり框に置いてあった和泉守藤原兼定を手にした。

「神守様、お願いします。怪我上がりだが長吉を連れてお行きなさいまし」

と四郎兵衛は幹次郎に願った。

鯉左衛門が縋るような眼差しで見た。

「それがし、いささかうぬぼれておりました。未だ吉原の旦那衆の間に信を得てないようですね」

「いえ、私はそのようなことを考えたこともございません。ですが、瀧瀬の馴染客がそのようなことを吹き込むようで、瀧瀬はそう信じておるのです」

「鯉左衛門どの、瀧瀬の信を得るにはどう致さばようございますか」

「瀧瀬の注文はひとつ、金子孫十郎が近づかないでくれればそれでよいと」

「金子孫十郎どのを説得するのはもはや無理にございましょうな」

「私どもも手を尽くしましたがどうにもなりませぬ。金子様の頭の中は昔の女房、いや、亀鶴楼でお職に上り詰めた瀧瀬恋しさの妄念しかございますまい」

「孫十郎どのが刃を振り回すことは考えられますので」

「昨夜の瀧瀬の話では両目が血走ってもはや尋常ではなかったそうな」

「その者が瀧瀬を襲ったとき、どうしろと申されますので」

「手捕りにしてどこか遠くに放逐してほしいというのです」

「正気を失った者ほど怖いものはない。鯉左衛門さん、われらは手出しせずに面番所にこの一件お願い致しましょうか」

と四郎兵衛が言った。

「それは無理だ、七代目。あの腑抜け同心らになにができますか」

「難しい注文を持ち込まれましたな」

神守幹次郎の腕を封じた上で都合よく始末してくれとの注文に、四郎兵衛も思案投げ首の体だ。

幹次郎は会所の壁に掛かっていた真新しい木刀を摑んで布袋に入れた。

「神守様、金子孫十郎にございますが、本家が申すには手裏剣(しゅりけん)の名手じゃそうで、懐に畳職人の使う包丁を呑んでおるそうにございます。なんでも風に枝から散る紅葉の葉を六、七間(約十一〜十三メートル)先から虚空にあるうちに両断する腕前でございますとか」

「承知しました」

と鯉左衛門に頷き返した幹次郎は会所を出た。

すると鳶の連中の木遣りに先導されて、禿の扮した手古舞連が大門前に到着したところだった。仮見世から新築成った吉原に戻る小見世から大見世までの、各

楼の遊女一行すべてを格別に、

「花魁道中」

と呼ぶことを四郎兵衛が許した。むろん祝いの意を込めて華やかにも本日だけの特別な花魁道中だった。

幹次郎は通用口を抜けると、吉原戻りの花魁道中を待ち受ける仙右衛門に亀鶴楼から伝えられた厄介ごとを手短に告げた。

「ちらりとわっしの耳にも入っておりましたがね、亀鶴楼からなにか言ってこない以上、手の打ちようがないと考えたのが不味い結果を生みましたな」

と後悔の言葉を吐いた番方が、

「わっしらは五十間道から土手八丁を今戸橋へと見張らせます」

「それがしは亀鶴楼の一行が仮宅を出るところから瀧瀬の傍らに従います。四郎兵衛様は小頭を同道せよと命じられました」

「相手はひとりだ、こちらには神守様がおられる。とはいえなにが起こってもいけませんや、長吉の他に金次を連れていきなせえ」

と幹次郎にふたりの同道を申し入れた。

幹次郎ら三人は手古舞の一行の前を横切ると浅草田圃に出ようとした。しかし、五十間道の左右は見物の野次馬でごった返してなかなか通り抜けられなかった。

それでも強引に人込みを分けて、外茶屋の裏手に出てほっとした。

亀鶴楼は浅草聖天横町の御寮を仮宅に利用して商いをしてきた。

幹次郎らが到着したとき、ちょうど亀鶴楼の瀧瀬と文吉の太夫を中心に振袖新造、番頭新造、禿、男衆が加わり、寺町を抜けて新鳥越橋に向かおうとしていた。

「間に合った」

幹次郎はほっとした途端、瀧瀬と目が合った。

「会所の裏同心どの、なにしに参られましたな」

「瀧瀬様、なんぞご用がございましょうか」

「わちきはそなたになにひとつ頼んだ覚えはありんせんわいな」

と瀧瀬がつれない言葉を重ねた。見るに見かねた長吉が、

「瀧瀬、余計なことと言うのかえ」

と幹次郎に代わって訊いた。

「小頭、わちきの周りで刃傷沙汰を起こしてもらいたくない一念にありんすわいな」

「瀧瀬、勝手が過ぎないか。おめえの命を守ろうと、こうして神守様が乗り出し

てこられたんだぜ。その言い草はなかろう」

「裏同心どのは吉原会所の看板をいいことにだれかれなく自慢の腕で斬り殺すそうな。そのようなお方にわちきの命を護ってもらおうとは思いませんのさ」

「だれから吹き込まれたか知らないが、神守様のお陰で命を保った遊女はこれまで薄墨太夫を始め、数知れずなんだぜ」

「薄墨様は薄墨様、わちきはわちきの考えがありんすわいな」

とにべもない拒絶であった。

「ささっ、仮宅にお別れにございますよ」

と箱提灯を下げた男衆が出立の刻を告げて、亀鶴楼の一行は寺町へと出ていった。

「お職を張るほどの女、少しは賢いかと思ったが、まっさらの馬鹿女ですぜ」

「そうは申してもわれらは遊女衆の命を守るのが務めだ。小頭、瀧瀬にそれがしのことを吹き込んだという客の身許を調べられませぬか」

「そいつは造作もございませんぜ」

と亀鶴楼の仮宅に向かいかけた。その仮宅には男衆が最後の片づけのために何人か残っていたからだ。

「神守様はどうなさいますな」

「見え隠れに瀧瀬を見守ろう」

「お願い申します」

と長吉が仮宅に向かった。

幹次郎と金次は、亀鶴楼の一行を追って寺町に出た。さすがに寺町のこと、一行は静かに土手八丁の新鳥越橋に進んでいた。

「神守様、瀧瀬はほんとうに昔の亭主の金子孫十郎を助けたいんですかね。ひょっとしたら、神守様にあんなことを言って、わざと嗾(けしか)け、きれいさっぱりと命を絶ってもらおうと考えたんじゃございませんかね」

「金次、また奇妙なことを考えたものだな」

「いえね、瀧瀬は亀鶴楼のお職に上り詰めて、人が変わったと言う振新(ふりしん)が結構いるんですよ。瀧瀬は客のだれかれなく落籍(らくせき)を持ちかけているという噂もございますしね、それがほんとうの話なれば、金子孫十郎は煩わしいばかりではございませんか」

「金次、そなたは瀧瀬の言葉を真に受けてはならぬと申すか」

「なんとなくね、そんな気がしたんですよ」

「となると金子孫十郎が哀れになってくるな」

「いえ、わっしに御城出入りの畳屋に働く職人の幼馴染がいるんですがね、金子孫十郎って小役人も結構な悪だったそうですぜ。畳奉行なんてご大層な肩書はついてますがね、百俵十五人扶持では畳屋にあれこれ競わせて小銭を懐にくすねるくらいが関の山、つい無理してお家取り潰しの憂き目に遭ったんです。どっちもどっちと思いますよ」

金次が言い切った。

亀鶴楼の一行は土手八丁に差しかかり、今戸橋から来た別の楼の花魁道中が先に進むのを待っていた。

ようやく順番が来たか、亀鶴楼の花魁道中が土手八丁に上がった。

ちゃりん

と鉄環の音が響いて、菖蒲の花の中を悠然と瀧瀬が外八文字で歩いていく。

その視線が山谷堀を越えて対岸に向けられた。

幹次郎は視線の先に着流しの浪人が立っているのを目に留めた。

「金次、あの者が金子孫十郎ではないか」

えっ、と驚きの声を上げた金次が対岸を見て、

「間違いねえ、あいつですぜ」

殺気が感じられないのはどういうことだ、と幹次郎は訝しく思った。

「亀鶴楼の主どのは、絶対に吉原に戻ることは許さぬ、瀧瀬を斬って自害すると金子孫十郎が脅したと言うのだが、そのような様子は見えぬな」

「なんだか、悲しげな眼差しですね」

視線を正面に戻した瀧瀬の花魁道中が見物人の視線を集めて、しゃなりしゃなりと進み始めた。

「あっ、あいつの姿が消えやがった。神守様、わっしは今戸橋から向こう岸に渡り、あいつを捜します」

「それがしはこのまま花魁道中に随行する」

合点で、と言い残した金次が見物人の人込みに姿を没した。

二

暮れ六つ前、吉原の大門を各楼の抱え女郎が潜り、残るは大籬の三浦屋だけになった。

元吉原時代から長い色里史に燦然とその見世の名を刻んできた三浦屋は別格の存在だった。そして、その三浦屋の両看板の花魁が当代の高尾と薄墨だった。

衣紋坂から五十間道の両側に野次馬が相変わらずぎっしりと詰めかけていたが、その人の群れからざわめきが消えた。

緩やかに蛇行して大門に至る五十間道に菖蒲の花が飾られていたが、吉原の男衆がその花道の中にあらたに菖蒲の花と葉を撒いていった。

初夏を思わせていた日射しも夕暮れになり、淡い光に変わっていた。

ちゃりん

と鉄棒の鉄環が鳴る音が見返り柳辺りから響き、杉皮板葺きの屋根の冠木門の中から、三味線の爪弾きが気だるく流れてきた。

吉原の色と粋と見栄を表現した清搔の調べだ。

見物の野次馬の男の背筋に、

ぞくり

と男心をくすぐる感情が奔り、中には体をぶるっと震わす者もいた。

吉原の廓内に、五十間道の外茶屋に、一斉に灯りが点った。

静かなどよめきが五十間道を流れて走った。

太夫が五丁町の楼から大門の内側、仲之町に客を出迎える儀式を旅に見立てて、「花魁道中」と呼んだ。それは暮れなずむ頃合、楼の名入りの箱提灯の灯りに先導されて行われた。

寛政元年の晩春、仮宅から新しく成った吉原への三浦屋の花魁道中は新生吉原をお披露目する行事の最後を飾る華であった。

昼過ぎから大勢の客や野次馬たちはこの瞬間を待ち望んでいたといえた。

大門前に吉原会所の七代目頭取四郎兵衛や総名主の三浦屋四郎左衛門らを筆頭に五丁町の町名主が居並び、折り目も正しい紋付袴で花魁を迎える姿があった。

四郎兵衛の視界に三浦屋の家紋入りの箱提灯が見えて、菖蒲の花道を淡く染めた。さらに左右にふたりずつの禿が愛らしい振袖姿を見せると、詰めかけた見物客に溜息が漏れて、大門口へと移動してきた。

さらに振袖新造や番頭新造が続き、その名を呼ぶ声が見物の中から聞こえた。

だが、振袖新造はにこりともしない。

この夕べの主役は、あとに続くふたりの太夫であるからだ。

わあっ！

という歓声が響いた。

見世番の若い衆が差しかける長柄傘(ながえがさ)がふたつ、揺れて五十間道に見えると、左の傘の下に高尾、右手に薄墨と遊女三千人を代表する名妓ふたりが紅白地の打掛を肩から滑らして、これも紅白鼻緒の畳付きの塗り下駄、高さ五、六寸（約十五〜十八センチ）を履いて、外八文字に菖蒲の花道に姿を見せた。

どよめきが溜息に変わった。

花魁道中こそ吉原に身を落とした遊女たちの夢であった。だが、すべての遊女がこの至福を味わえるわけではない。競い合い、ときに朋輩を蹴落(けお)として出世の階段を上り詰めた、少数の太夫だけが得る特権である。

この夕暮れ、その掉尾(ちょうび)を飾るのが三浦屋の高尾と薄墨だった。

柳多留(やなぎだる)第百七篇に詠まれた、

「全盛は花の中いく長柄傘」

を絵に描いた光景が展開されていた。

高尾も薄墨も外八文字の下駄の動き一つひとつに太夫の貫禄を見せて、ゆっくりと大門へと五十間道を進んでいった。

この瞬間、吉原内外の耳目が五十間道の花魁道中に集中していた。

そのとき、幹次郎は角町の木戸門の陰に身を潜めていた。

その視線の先に揚屋町の亀鶴楼の張見世が見えて、真ん中に誇らしげに瀧瀬の姿があった。

だが、張見世前に客の姿はない。だれもが五十間道から大門を潜った仲之町筋に集まり、最後の花魁道中を迎えていたからだ。

金次は瀧瀬の昔の亭主、金子孫十郎の姿を捉えて、七、八間（約十三〜十五メートル）に迫って監視していた。だが、段々と夕暮れが近づき、吉原に入る行列の楼と遊女の格が上がるにつれて、見物しようという人の群れがさらに増し、金子孫十郎は衣紋坂の人込みに紛れて姿を消したというのだ。

幹次郎は金次に五十間道の途中で偶然にも再会し、そのことを報告されていた。

「野郎、この界隈にいることはたしかですぜ。どう致しやしょう、神守様」

と金次の声はしくじりに震えていた。

「もはや亀鶴楼の行列は見世に入ったと聞いた。ならばわれらは楼を見張ろうではないか」

幹次郎と金次はその旨を仙右衛門らに告げて、揚屋町に移動し、蜘蛛道の暗がりから亀鶴楼の表を見張ることにした。

幹次郎らが見張り始めて半刻が優に過ぎていた。

「来ますかね、金子孫十郎」

「瀧瀬の元亭主どのは、吉原には入らせぬと脅迫したそうな。だが、瀧瀬はすでに亀鶴楼の張見世に入っておる。なんとも孫十郎の真意が分からぬな、ただの嫌がらせを言うたのかもしれぬ。あるいは」

「あるいは、どうなされました。神守様」

「そなたが申した通り瀧瀬がわれらに虚言を弄して、孫十郎をさも危険な人物に仕立てようとしておるか」

「ありゃ、思いつきでしたよ」

「いや、つらつら考えるにそなたの推量を捨て切れぬのだ。瀧瀬に落籍を約束した客がいるとすれば、金子孫十郎の存在は邪魔でしようがあるまい。そこで我らに始末をさせるつもりか」

「とすればやっぱり虫がよ過ぎる話ですぜ、神守様」

「いかにもさよう」

幹次郎と金次との間の会話は亀鶴楼の鯉左衛門にこのことを聞かされて以来、

何度も蒸し返され、繰り返されていた。

「その答えは長吉どのが調べてこよう」

「小頭、なかなか姿を見せませんね」

という問答をふたりが交わした直後、汗を額に光らせた長吉がふたりのもとに姿を見せた。

「番方に聞きました」

亀鶴楼の見張りにふたりがついていることを聞いたとまず長吉が言い、懐から手拭いを出すと額の汗を拭った。

「ご苦労でしたな、小頭」

「意外と手間取りました。というのも瀧瀬め、両天秤どころか客の三人に落籍を願っておりましてね、どいつが本気の相手か絞り込むのに時間がかかりました」

と言った。

「小頭、瀧瀬の相手はいたんだね」

「金次、だれにものを言ってんだ。長年、吉原で飯を食ってきたおれ様だぜ」

「そりゃ、お見それしました」

と長吉と金次が掛け合い、長吉が、

「神守様、思った以上に瀧瀬はしたたかな女かもしれませんぜ」

「ほう、どうしてだな」

「へえ、瀧瀬を身請けする気でいるのは、板橋宿の飯盛宿仲屋の若旦那の元太郎でさ、このところ仮宅にも三日にあげず通ってきておるそうな。去年のことでさ、親父が卒中で亡くなり、そのあとの宿の切り盛りはお袋のお民と元太郎がやっておりましてね。元太郎が宿の跡を継ぐというのなら、瀧瀬を身請けして女房にしてもいいとお袋から身請けの金を出させる約定を取りつけているそうなんで」

「ほう、板橋宿の飯盛宿な。御免色里でお職を張った瀧瀬にはだいぶ格落ちの場所と思えるが」

「いくら吉原の売れっ子とはいえ、抱え女郎と飯盛宿の女将ではだいぶ勝手も違いましょう」

「いかにもさよう。ともあれ元太郎の女房になるためには金子孫十郎は邪魔な存在というのであろうか」

「わっしが手間取ったのはこれからなんで」

「どういうことだ、小頭」

と金次が身を乗り出した。

幹次郎は亀鶴楼の張見世を見たが、なんの変化もないように見受けられた。そして、三浦屋のふたり太夫の花魁道中が大門に近づいたか、段々とざわめきが大きくなっていた。

「瀧瀬の本命は元太郎なんかじゃございませんので、神守様」

「他のふたりの客のうちのひとりか」

「金次、そうじゃねえ。別の男だ」

「どういうことだ」

「瀧瀬には許婚がいたんで。こいつは瀧瀬が育った御家人ばかりが住む大縄地(長屋)で一緒に育った村上秋助って、徒士百人組五十俵三人扶持の貧乏御家人の倅なんですよ。こいつが瀧瀬と同い年でね、夫婦を密かに誓い合っていたそうな。ところが、瀧瀬の親父は金に窮して娘を金子孫十郎に嫁にやっちまった、いや、売ったそのあとのことだ。瀧瀬め、孫十郎を焚きつけて、金を稼ぐように仕向けた節がございましてね、金子孫十郎は自滅したってわけでさ。そこいらの事情はすでに神守様がご存じのことだ。ところが金子家がまさかの取り潰しに遭い、自ら路頭に迷った末に吉原に身を落とす羽目というのは、瀧瀬の予想外のことであったかもしれませんので。瀧瀬としては、吉原を抜けて、幼馴染の村上秋助と一緒になるには、もうひと工夫知恵を絞る必要があった。それで三人の客を競わせて、元太郎に身請けさせて一旦は板橋宿の女将に納まり、頃合を見て村上秋助のもとに走ろうという算段か」

「へえ、どうやらそんな絵図面（えずめん）を描いた様子なんで」

「驚いたな。小紫といい、瀧瀬といい、近ごろの女郎は客や吉原を手玉に取るのが流行りか」

と金次が呻き、

「在所育ちや御家人の娘は怖（こお）うございますね、神守様」

と応じた長吉が、

「村上秋助と一緒になるには、金子孫十郎も元太郎も邪魔なんでございますよ」

「とは申せ、元太郎はまだ落籍したわけではない。当分、大事にしなきゃならない相手であろう」

「いかにもさようで」

と長吉が答えたとき、大きな拍手と歓声が沸いた。

高尾と薄墨の両太夫の花魁道中が仲之町に入り、仮宅が終わった瞬間の歓声だろう。

そのせいか閑散としていた京町二丁目に客や素見の人々が流れてきて、吉原全体が急にざわざわとした雰囲気に変わった。

「長吉どの」

と幹次郎が長吉の注意を喚起した。

亀鶴楼の張見世前にぞろりとした長羽織を肩から落として着込んだ遊冶郎(ゆうやろう)が姿を見せて、瀧瀬と一言二言言葉を交わして亀鶴楼の暖簾を潜って姿を消した。そして、瀧瀬が張見世からいなくなった。

「あやつが板橋宿の若旦那の元太郎ではないか」

「かもしれませんね」

と幹次郎と長吉が話を交わすところに、

「わっしが調べてきます」

と金次が動いた。蜘蛛道の暗がりに長いことじいっとしていて退屈していたのだろう。

「さて、小頭、この田舎芝居の結末がそれがしには分からぬ」

「瀧瀬の小知恵に振り回されておりますな」

と長吉も嘆息した。

金次は直ぐに戻ってきて報告した。

「神守様、小頭、やっぱりあいつが元太郎でしたよ」

「どうしたもので」

と金次の報告に長吉が幹次郎に尋ねた。

そのとき、幹次郎は金子孫十郎の幽鬼（ゆうき）のような姿を捉えていた。

「見よ、瀧瀬の元亭主どのではないか」

長吉と金次が幹次郎の視線の先を確かめて、

「野郎、出やがったぜ」

「あいつ、亀鶴楼に乗り込む気かね」

と言い合った。

「乗り込むったって、ああ尾羽うち枯らした形（なり）じゃあ、男衆に止められますよ」

幹次郎は瀧瀬の言葉の真偽を考えていた。

この時点で金子孫十郎にはなんの罪咎もない。吉原会所も町奉行所も動きようがないのは明白だった。

幹次郎は金子孫十郎に罪を犯させてはならないと考えた。

「会所にしょっ引きますか」

と金次が言った。

「金次、吉原に冷やかしに来たと言われたらどうする」

「それもそうですけど」

「小頭、金次、金子孫十郎のこと、それがしに任せてくれぬか。虚心に話し合うてみたい」

しばらく考えた長吉が、へえと答えた。

幹次郎は蜘蛛道の暗がりを出ると角町の木戸門の陰から亀鶴楼の張見世を見つめる金子孫十郎の前に立った。

「瀧瀬は座敷でござる」

相手が暗い視線を幹次郎に向けた。

「元御畳奉行金子孫十郎どのですな」

「…………」

「それがし、吉原会所の神守幹次郎と申す」

何用かとも金子孫十郎は尋ね返さなかった。

「そこもとに話がござる。しばしお付き合い願えぬか」

「なにもせぬ者を会所に引っ張っていこうというか」

「いえ、違います。まあ、ご一緒願えませぬか」

幹次郎は相手の返答も聞かず歩き出した。

金子が従う従わないは、賭けだった。が、幹次郎には金子が従ってくる確信があった。それを感じ取ったのは人込みの仲之町を横切り、揚屋町の蜘蛛道に入り込んだときだ。

幹次郎は背に金子の気配を感じながら、蜘蛛道を伝って天女池の端のお六地蔵の前に出た。

くるり、と振り向くと金子孫十郎が万灯の灯りが点る五丁町の裏に闇の世界があることを初めて知ったか、驚いた様子の顔がかすかな灯りに浮かんだ。

「この地蔵、お六地蔵と申しましてな」

幹次郎は野地蔵の謂れと遊女小紫の足抜事件の顚末を語り聞かせた。

「なぜそのような話をこの金子孫十郎に話した」

「われら吉原会所の者は、遊女の身を守り、足抜を防ぎ、同時に客になんの気兼ねもなく遊んでいただくために日夜身を粉にして駆けずり回るのが務めにござる」

それがどうした、という表情を金子が見せた。

「瀧瀬の証言によればだが、そこもとは瀧瀬に恋情を残して吉原には戻さぬ、瀧瀬を斬り殺して自害すると脅したそうな」

「それがし、おきえに未練を抱いていないといえば嘘になる。じゃがおきえを斬り殺して自害するなどと脅した覚えはない」

「ならば亀鶴楼の仮宅に何度も参られましたのは」

「それがしが預けておいた金子三十両を取り戻すために参った」

「預けておいた金子とはなんですな」

意外な答えに問い返した。

「そなた、それがしの転落を承知か」

「おおよそのところは」

「御畳奉行の俸給など知れたもの、嫁にもろうたおきえは時節の小袖が欲しい、小間物が欲しいとねだるようになり、つい畳問屋に仕来たりを踏み外した賄賂を望むようになった」

「そこもとが目付に捕まり、お家断絶の目に遭ったのは女房おきえの要求があってのことと申されますか」

「自滅するのが分かったとき、それがしは虎の子の三十両をおきえに預けた」

「女房おきえはそこもとの切腹を止めるために吉原に身を売り、目付筋にその金子をばら撒いて、それを食い止めたというのは虚言にございますか」

「おきえがそのようなことを申したか、真っ赤な嘘にござる。あやつは他人のために身を売る女ではないわ」

と金子孫十郎が言い切った。

「じゃが、吉原に身を落としたのは事実にござる」

金子の返答はしばしなかった。

「それには理由がなければならぬ。金子どの、そなた、おきえに許婚がおったことをご存じか」

「なに、許婚じゃと。知らぬぞ」

「瀧瀬ことおきえは、今もその許婚とつながりがありましてね、とある客から身請けされるのも、村上秋助というその許婚と一緒になるためじゃとか。会所の調べで、最前分かったことです」

「おきえめ、ぬけぬけとそのようなことを隠しておれのもとに嫁いできたか」

「どうやらそのようでございますな」

「おのれ、どうしてくれよう」

「瀧瀬を傷つけると申されますか」

「そなたらがそれを許すか」

「止めるのがわれらの仕事にございます」

「それがし、昔の女房に預けておいた金子が欲しいだけだ。それを元手に再起を図りたい」

「金子どの、その金子にこだわられますと身を滅ぼすことになるかもしれぬ。いえ、瀧瀬の所業を思えばそうなるような気がします」

金子孫十郎はしばし黙り込んで考えていた。

「金子どの、確約はでき申さん。会所を通して瀧瀬にその金子の一部でも返せぬか、話してみようか」

「口先ではないな」

「それがしの言に信なくば金打致そうか」

金打とは武士と武士が刀の刃や鍔を打ち合わせて約束を守ると誓う儀式だ。

「吉原の用心棒侍と浪人者が金打などしたところでなんの役に立つ。よし、そなたを信じようか」

「金子孫十郎どのの信頼に応えるように動きます」

頷いた金子がしばらく考えていたが、

「遠目でよい。一目、おきえの艶姿を見せてくれぬか」

「それがしが同道してようござるか」

「かまわぬ」

金子孫十郎はお六地蔵に一瞥をくれて、闇の世界から光の五丁町に歩き出した。

三

長吉は、板橋宿の飯盛宿の若旦那の元太郎が瀧瀬に見送られて、亀鶴楼の見世先に出てきたのを目に留めていた。

「さすがに飯盛女を置く旅籠の若旦那、今日がどんな日か承知だね。瀧瀬への祝いの挨拶だけでさあっと引き上げるところなんぞは粋だよ」

と長吉が元太郎の行動に感心した。

五百日ぶりの新規吉原の商い初日だ。

この日を待ちかねた贔屓筋が、上は松の位の太夫から下は局見世の女郎のもとに押しかけていた。

このような祝儀の日には、挨拶だけでおあとの客に譲るのが通人の心意気だった。そのことを元太郎は心得ていると長吉は褒めたのだ。

「在所から出てきたお大尽や勤番侍には、その辺の呼吸が分からずに銭の分だけ居座ろうという野暮天がおりますからね」

と金次が応じた視線の先で、瀧瀬が膨らんだ小袖の胸元を軽く、

ぽん

と叩いて、なにか元太郎に言った。おそらく、

「ご祝儀有難うござんす」

とでも言ったか。

元太郎が短く応じていそいそと仲之町の通りへと出ていった。

その遊冶郎然とした後ろ姿を見送っていた瀧瀬が、視線を辺りに巡らした。

六つ半を過ぎて吉原はまるで鷲明神の酉の市の日であるかのように大混雑していた。

瀧瀬の視線が止まったのを長吉は見た。

そして瀧瀬の視線の先にいるのが編笠を被った着流しの若侍であることを認めていた。

「金次、瀧瀬の許嫁の村上秋助がお出ましだ」

「えっ、村上秋助が吉原に現れましたかい」

遠目に、その男の着物が絹物の黒小袖を着流しにしたもので、帯も博多献上の上物と知れた。

「違うかねえ」

編笠の下の顔がこっくり頷き、すうっと仲之町の人込みに消えた。

「小頭、わっしが身許を確かめてみます」

「無理をするんじゃねえぞ」

と怪我が治ったばかりの長吉が金次を送り出し、中見世亀鶴楼の張見世に視線を戻した。

瀧瀬の姿はどこにもなかったが、しばらくすると格子の向こうに姿を見せて、真ん中の大座布団に悠然と座した。それを番頭新造が介添えし、漆塗りの煙草盆を瀧瀬の前に置いた。

百目蠟燭の炎が真上に立ち上り、風もなく吉原の再起を祝っているような陽気だった。

長吉の背後の蜘蛛道に人の気配がした。振り返ると神守幹次郎が瀧瀬の元亭主、金子孫十郎を従えて歩み寄ってきた。

「小頭、金子どのと話を致した。金子どのは、瀧瀬に預けてあった三十両の金子を戻してほしいと掛け合ったことはあるが、元の女房を斬り殺して自害する気などさらさらないと申される」

「というと無理心中だのなんだのは、ございませんので」

狭い蜘蛛道の暗がりで三人の男が顔を突き合わせて話し合った。

「おきえがそれがしの屋敷に嫁に来たときから、この女、それがしに尽くす気など小指の先ほどもないことを悟った。ひょっとしたら、他に男がおるのではないかと疑ったこともある」

「男の推測はつきましたかえ、金子様」

「そなたらのように人を探るのは苦手でな。推測だけに終わっておる。ともあれ、おきえ、いやさ、ただ今瀧瀬と申す女の根性は承知しておるつもりだ」

金子孫十郎の視線が亀鶴楼の張見世に行った。ちょうど瀧瀬の次の馴染が来た様子で、瀧瀬が吸いつけた煙管を番頭新造が格子の外のお店の主か、大店の番頭風の男に差し出した。そして、女と男が目と目で会話し、格子の外の男が煙管を番頭新造に返すと、瀧瀬が振袖新造に介添えされて立ち上がった。

「今や金子様の元女房どのは亀鶴楼の稼ぎ頭でございますよ」

「それがしが未練を残しておると申すか」

「いえ、ただ今の立場を申し上げただけにございます」

「一度はそれがしの女房だった女だ。そなたの朋輩どのにも申し上げたが恋情がないといえば嘘になる。だが、今のそれがしにはそのような恋情よりもあやつに預けた三十両を取り戻すことが大事なのだ」

長吉が幹次郎を見た。

「今の瀧瀬なら三十両くらい融通できないわけはございませんや。仮宅でも稼ぎまくり、吉原再開で馴染からそれなりの祝儀が届いている様子にございますよ」

「瀧瀬、素直に出すかのう。金子どのが事を分けて何度も頼まれたそうじゃが、言を左右にして戻そうとはせぬそうな。その上、会所に訴えて、それがしに金子どのを始末させようと企んだ節もある」

「なんと」

幹次郎が初めて告げた言葉に金子孫十郎が驚愕した。

「それがし、あやつの浪費癖に御畳奉行の職も先祖伝来の家も取り潰してしもうた。にも拘らず、あやつ、それがしの始末までそなたらに策したか」

「金子様、一筋縄では参りませんな」

と長吉が嘆息した。

蜘蛛道で男三人が会話する視線の先で大店の番頭か、中店(ちゅうみせ)の主風の男が亀鶴楼の表に姿を見せ、瀧瀬の三人目の客となった。

仮宅五百日が明けて、吉原に戻った初日、瀧瀬の下に六人の馴染が姿を見せて、だれもがなにがしかの祝儀を届けた様子があった。

金子孫十郎は幹次郎と長吉と一緒に瀧瀬の売れっ子ぶりを黙然(もくねん)と見つめていた。

四つの時鐘が江戸の町に鳴り響いて半刻後、引け四つが近づいてきた。

引け四つとは吉原独特の時間だ。

御免色里の吉原に幕府が許した終業の刻限は四つだ。だが、お店が終わって駆けつける遊客にはせいぜい半刻か一刻(いっとき)(二時間)しか登楼までの余裕がないことになる。そこで吉原が編み出したのが、引け四つの仕来たりだ。

四つの刻限、拍子木が打たれる。だが、最後の打ち止めの拍子木を一刻ほど延ばして、九つ前に打つ。すると一刻ほど商いの時間が延長され、大門も開門されたままということになる。

これが引け四つだ。

むろんこの仕来たりのお目こぼしのためには幕府の要所要所に山吹色の金子が配られていた。

さすがに引け四つ前には仲之町から五丁町にそぞろ歩く客はまばらだった。

亀鶴楼も張見世に人影がなく、遊女たちの大半は吉原再建の夜に馴染の中でも大事な客と一夜を共にするために座敷に下がっていた。

「神守様」

と長吉が声を潜めて言った。

亀鶴楼の表口の暖簾を分けて、顔を見せたのは瀧瀬だ。

「瀧瀬も最後の客と床入りしているはずだがね」

と長吉が小首を傾げた。

瀧瀬の顔が仲之町界隈を見ていたが、
こくり
と頷いて肩をすぼめて、揚屋町から仲之町の角に小走りで向かった。

「だれぞと待ち合わせかね」

三人のいる蜘蛛道から瀧瀬が向かった先は死角になっていた。

「小頭、もう一本仲之町寄りの蜘蛛道に走ろう」

「合点だ」

長吉を先頭に金子孫十郎、幹次郎の順で暗がりの路地を走った。

三人が蜘蛛道の奥から見たものは、重そうな布包みを瀧瀬が編笠を被った侍に手渡す光景だった。

「今晩の祝儀にございますな」

「どうやらそのようだ」

と長吉と幹次郎が交わす言葉に金子孫十郎が思わず、

「あの包みにいくら入っておる」

と訊いた。

「まあ、六、七十両、いや、百両を超えているかもしれませんや」

「おきえは一夜にしてそのような稼ぎがあるのか」

「金子様、今宵は吉原にとってもお客にとっても紋日(もんび)以上に大切な日にございます。お職の瀧瀬、それくらい稼いで当たり前にございますよ」

ふうっ

と金子孫十郎が息を吐き、

「あの者がおきえの許婚の村上秋助か」

「どうやらそうと思えます」

と長吉の言葉に金子孫十郎が動こうとした。

「お待ちなされ」

幹次郎が金子の袖を握って引き止め、顎でふたりの様子を指した。

瀧瀬と村上秋助の体が凝然と竦み、ふたりの視線は同じところに向けられていた。

「瀧瀬、やっぱりおまえには間夫(まぶ)がいたな、どうも怪しいと思っていたんだ。板橋宿で女郎を何人も抱えて商いしてきた仲屋の元太郎だ、そうそう容易く騙されねえぞ。おまえが落籍してくれと泣いて頼みやがったのは、間夫に金を渡すためか！」

瀧瀬を落籍して嫁にすることが決まっていた元太郎の声だった。

幹次郎ら三人は蜘蛛道から見た。すると元太郎がどこで手に入れてきたか、道中差を手にして形相物凄くふたりを睨んでいた。

「おきえ、こやつ、何者だ」

と村上秋助が訊いた。

「板橋宿の曖昧宿の若旦那ですよ」

「おまえを身請けして女房にしようという奇特な馬鹿旦那かえ」

「いかにもそうですよ」

「瀧瀬、人を騙すにもほどがある。御免色里の吉原でこんなことが許されていいものか」

「へえん」

と瀧瀬が居直った。

「吉原だろうと板橋の飯盛だろうと、遊女と客は騙し騙されを承知で一夜の契りを結んでいるんですよ。なんだい、野暮天が」

「言うたな、瀧瀬。許せねえ」

元太郎が道中差を抜くと、いきなり瀧瀬に斬りかかっていった。

幹次郎が動こうとしたが、村上秋助のほうが一瞬先に元太郎に踏み込み、抜き放った細身の剣で元太郎の胴に叩きつけるように斬りつけた。

ぎええっ
と元太郎が叫びながら仲之町の植え込みの下に転がった。

「待ちねえ！」

と長吉が声をかけ、瀧瀬と村上秋助が後ろを振り向いた。

「吉原会所か。斬りつけたのは先方だ、見たな」

と村上秋助が長吉を睨んだ。

瀧瀬ことおきえは、神守幹次郎と一緒に立つ金子孫十郎の姿に茫然としていた。

「瀧瀬、おめえの言う通り、この吉原は遊女と客が言葉の駆け引き、情の引っ張りっこをして嘘と真を楽しむ色里だ。だがな、落籍すると約した者を騙して金だけをふんだくるなんて仕来たりはねえんだよ。瀧瀬、仮宅で舞い上がり、吉原の定法も忘れたか」

「秋助様、おきえを連れて逃げてくださいましな」

と瀧瀬が幼馴染に願った。

村上秋助が瀧瀬の手を取り、まだ開いている大門を見た。

幹次郎と長吉が動こうとした。それを制したのは金子孫十郎だ。

「この場の始末、それがしに付けさせてはくれぬか、頼む」

ひたっと幹次郎を見る金子孫十郎の眼差しに曇りも迷いもなかった。なにか憑きものが落ちたようで、諦観した者の表情があった。

「小頭、お任せしよう」

幹次郎の言葉に長吉も、へえと頷いた。

「村上秋助とやら、おきえの亭主であった金子孫十郎だ。どうやら金子家に嫁に入るところから、そなたらには金儲けの企てができていたようだな。ささやかながら先祖代々暮らしのもとであった御畳奉行の職、この女、おきえのせいで失い、お家も断絶した。それがしも愚か者よ、おきえの性根を見抜けなかったのだからな。おきえ、いやさ、瀧瀬、この吉原には武家社会より厳しい定法があると聞いた。そいつを手玉に取ったつもりだろうが、どつぼに嵌ったのはおぬしたちだ」

「五月蝿い！」

と瀧瀬が叫んだ。

「御畳奉行といったって百俵十五人扶持がああ貧乏とは知らなかったよ。お家断絶だと、大名家赤穂様のお家断絶とは違うわえ、傾きかけた門をちょいと後押ししてやっただけのことだよ」

とさらに居直った。

元太郎の胴を叩くように斬った細身の剣を村上秋助が金子孫十郎に向けた。

金子孫十郎は片手を毛羽立った袷の懐に突っ込んだ。

両者の間合はおよそ三間（約五・五メートル）。

瀧瀬ことおきえは村上秋助の横手一間ほど離れたところから、昔の許婚と元亭主の対決を見守っていた。

その目がちらりと大門を見て、驚きの声を張り上げた。

「秋助様、大門が閉じられます」

村上秋助が片手で保持した剣を胸元に引きつけるともう一方の手を添えて、体を傾けながら金子孫十郎に向かって走った。

幹次郎は見ていた。

金子孫十郎は村上秋助の剣を避けることなく、懐から抜き出した畳包丁を虚空に投げ打った。

村上の剣が金子孫十郎の首筋に斬り込まれ、その直後に、

ぎええっ！

という瀧瀬の絶叫が響いた。

金子孫十郎が投げた畳包丁は、瀧瀬ことおきえの額に突き立って後ろ向きに吹き飛ばしていた。

思わぬ展開だった。一瞬の勝負だった。

「おきえ！」

と叫んだ村上秋助がその場から逃げ出そうとした。

「ひとりだけ助かろうなんて虫がよ過ぎはしませんかえ」

と長吉は怪我が治ったばかりの体で血に塗れた剣の前に立ち塞がった。

「死にたいか」

村上秋助が剣を構え直そうとした。

「村上秋助、そなたの相手はそれがしじゃ」

と幹次郎が村上の背に声をかけた。

くるり

と向き直った村上秋助が、

「吉原裏同心、神守幹次郎だな」

「いかにもさようにござる」

「おきえはおれにとって福の神かと思うたが、厄病神だったか」

「そなただけではござらぬ。金子孫十郎どのにも元太郎さんにも、禍の女であったようだ」

「致し方ないか」

と村上秋助が三度細身の剣を構え直した。

今度は正眼にぴたりとつけた。

徒士百人組の大縄地で育った村上秋助はなかなかの剣の遣い手だった。

幹次郎は兼定の鞘元に左手を添えて、村上秋助の正眼に対した。

「居合を遣うか」

と呟いた村上秋助の正眼がゆるゆると右の肩に引きつけられ、切っ先が仲之町の夜空に突き上げられた。

陰の構え、八双に移した村上秋助の表情は編笠で幹次郎には読めなかった。

幹次郎は腰を沈めた。

天に突き上げた剣がさらに高く掲げられた。そのために編笠の下の村上秋助の双眸が幹次郎に見えた。

ふわり
という感じで村上の体が傾き、幹次郎の低い構えを押し潰すように圧しかかってきた。

細身の剣が仲之町の灯りに煌めいた。

幹次郎の拳が奔って、柄に掛かると一気に抜き上げた。

八双からの斬り下ろし、低い姿勢からの抜き上げが同時に相手の身に届いたかに見えた。

だが、一瞬早く幹次郎の脇腹から胸を斜めに斬り上げる居合の技が決まり、村上秋助の体を横手にふっ飛ばした。

「眼志流横霞み」

幹次郎の口からこの言葉が漏れて、兼定に血振りをくれた。

「おきえ」

と仲之町に倒れた村上秋助が瀧瀬とおきえのもとへにじりよろうとした。すると懐に入れた布包みの金子が体の下から零れて、仲之町の灯りに鈍く光った。

ぱたり
と村上の動きが止まり、おきえの体に重なった。

ちょん
と引け四つの最後の拍子木が打たれて、吉原は眠りに就いた。

四

村上秋助に斬られた元太郎が担ぎ込まれた柴田相庵の診療所では、相庵と真三郎のふたりが執刀し、お芳が手助けしての深夜の手術が行われた。

明け方、手術が終わった。

手術が行われた診療室の隣の部屋に寝かされた元太郎は、弱々しいが、規則正しく息をしていた。

「相庵先生、お疲れ様でございました」

と手術に立ち会った仙右衛門が労った。

「あの者を助けたのは帯だぞ。帯の上に斬り込まれたせいで深手には至らなかった」

相庵がお芳の用意したぬるま湯で血に汚れた手を洗いながら、仙右衛門、幹次郎、長吉らに答えたものだ。

「それにしても仮宅から戻った夜に騒ぎを起こさなくともよかろう」

「瀧瀬って女郎に吉原も昔の亭主も許婚も手玉に取られたってやつですよ。瀧瀬はこの元太郎を斬った村上秋助に稼ぎを貢いでいたようですが、かように無理しなくともふたりが一緒になる道はあったはずだ。徒士百人組五十俵三人扶持の村上に嫁いで慎ましやかに暮らす道だって考えられましたぜ」

と仙右衛門が呟いたものだ。

「金に執着し過ぎると自滅するものよ、番方」

「いかにもさようで」

と答える仙右衛門に、

「番方、お芳をおまえさん、嫁にする気だそうだが、うちの給金なんて安いよ」

と突然相庵の矛先が向けられた。

「相庵先生、話はそこまで進んでおりませんよ」

「なにっ、吉原会所の番方ともあろう者が、いつまでうじうじしておるのだ。このような話は速戦即決だ。わしが四郎兵衛様に願っておく、今日にもお芳を水茶屋だろうとなんだろうと連れ出せ」

と柴田相庵が言った。

「呆れた」

と手術の後片づけをしていたお芳が隣の部屋から声を張り上げた。

「お芳、どこが呆れる話だ」

「先生、いささか乱暴に過ぎます」

「お芳、番方は遊女衆の心は読めてもお芳の気持ちを察することはできなかった男だぞ。これ以上待っていたら、お芳、そなたが婆さんになってしまうわ」

「あら、それは困ったわ」

とお芳の落ち着いた声が応じたものだ。

「先生、お芳を必ずや長命寺に誘います。その折りは半日ばかり暇を願います」

「長命寺じゃと。桜餅はうまかろうがなんとも抹香臭いところにうちのお芳を誘い出すものじゃな」

と相庵が呟き、

「もっともお芳を誘っただけでも進歩か」

と自ら得心したように言った。

苦笑いした仙右衛門が、

「金次、おめえがしっかりと村上秋助を摑まえておかねえから、三人も死ぬ羽目に落ちたんだ。板橋宿に走り、仲屋に元太郎の怪我を告げてこい」

と命じた。

「番方、すまねえ。昨夜の吉原の込みようったら、酉の市どころの騒ぎじゃねえ。村上秋助め、一旦、大門外に出たんですよ。その辺りでまかれたんだが、まさか廓内に戻っていようとは思いませんでした。ドジを踏んだのはわっしのしくじりにございます」

と金次が詫びて、診療所から飛び出していった。

その背に視線を送った仙右衛門が、

「金子孫十郎にうまいことけりをつけられましたな、神守様」

と話の矛先をさらに幹次郎に向けた。

「金次がしくじりというなら、それがしも初め村上秋助の相手を金子孫十郎に譲ったしくじりをしでかしました」

「神守様はあのような結末を密かに望まれていたんではございませんか」

「番方、そのようなことは夢にも考えておりませんでしたぞ。ただ金子どのの心中を思ったとき、村上秋助との勝負を譲ってしまったのです」

「わっしも金子様が死ぬ覚悟で一度は自分の女房だった瀧瀬を得意の畳包丁で始末するとは考えもしませんでした、番方」

と長吉も言葉を添えた。

「亀鶴楼はお職の瀧瀬を失い大きな痛手だが、早晩このような騒ぎが起こるのを止めようもございませんでしたよ。落籍話をふたつも三つもするような遊女に育てたのは楼主の鯉左衛門さんの責任だ。この始末、当然の帰結かもしれませんがね」

と仙右衛門が言い切ったものだ。

その言葉が診療所にいた人々の胸に重く、悲しげに響いた。

四半刻後、吉原に戻ってきた七軒茶屋の筆頭山口巴屋の内風呂に三人の男たちが体を浸していた。

四郎兵衛、事の顚末を報告する仙右衛門と幹次郎だ。

話を聞き終わった四郎兵衛が、

「吉原に仮宅から引っ越した初日からえらい騒ぎにございましたな」

「七代目、面番所ではあれこれと文句を言うたのではございませんか」

「面番所が事の終わったあと、あれこれと文句をつけるのはいつものことです」

と四郎兵衛が疲れた声で応じ、

「神守様、致し方ない仕儀にございましたよ」

と幹次郎に言った。そして、

「吉原では手練手管をあれこれと使い、客を吉原に引き寄せます。じゃがな、落籍を匂わせて客をつなぎとめるのはご法度だ。それも二股三股と客を弄んでは、楼の信用にも、ひいては吉原の体面にもかかわります。瀧瀬は阿漕な手を使って、亀鶴楼のお職にまで上り詰めましたがな、こんな手がいつまでも許されるわけもない。金子孫十郎様が意地を見せられたのが、せめてもの救いでしたな」

と番方の仙右衛門と同じ考えを述べた。

頷いた幹次郎は新湯で顔を洗った。

「番方、少し仮眠したら、お芳さんを誘って川向こうで半日ほど時を過ごしてきなされ。いえ、これは吉原会所七代目頭取の命ですぞ」

と四郎兵衛が言った。

「七代目、素直にお受け致します。診療所でも相庵先生に懇々と言われました」

「まあ、そなたらのように遅過ぎるくらいの男女の仲が怪我がなくていいのかもしれませんな」

「皆さんに気を遣わせ申してこの仙右衛門、なんとも複雑な心境にございますよ」

と仙右衛門がここでも苦笑いした。

幹次郎が左兵衛長屋で目を覚ましたのは昼過ぎの刻限だった。

この日、珍しく汀女がうちにいて書き物をしていた。幹次郎が起きた気配に、

「よう眠っておられましたな。吉原の引っ越し、やはり何事もなしとはいかなかったようですね」

と明け方に戻ってきて寝床に倒れ込むように寝入った年下の亭主に汀女が言った。

「姉様は亀鶴楼の瀧瀬という遊女を承知か」

「いえ、存じません。その瀧瀬様がなんぞ騒ぎに巻き込まれましたか」

吉原は遊女三千と豪語する御免色里だ。三千人は大仰にしても花魁から禿までを数えたらそれに近い。とても全員の顔と名を記憶するなど無理なことだった。

幹次郎は簡単に瀧瀬をめぐる不幸な男の物語を語った。

話を聞いた汀女はしばらく沈黙したままだった。

「厭な話を聞かせたか」

「哀(かな)しい話にございますな」

と汀女がぽつりと漏らした。

「このところ小紫、瀧瀬と吉原を騙し、客の心を弄ぶような遊女の騒ぎが続いたな。吉原の女郎衆の心持ちが変わってきたのであろうか」

「幹どの、三千人もおられれば、お女郎衆も千差万別にございましょう。小紫さん、瀧瀬さんと偶々吉原の仕来たりを破る騒ぎが続いたのではございませんか。多くのお女郎衆はそれぞれの場所で必死に務めを果たしておられます」

「そう信じたいな」

「そうにございますとも」

「姉様、本日は並木町に出られんでよいのか」

「三日後に膝回しが初めて山口巴屋の座敷で開かれます。そのお題などを考えるために本日は玉藻様から一日休みをもらいました」

「それがしも四郎兵衛様に休みを命じられた。このところ仮宅から吉原の引っ越しで忙しかったでな」

「おや、四郎兵衛様と玉藻様がわれら夫婦に気を遣ってくださいましたか」

「姉様、どこぞに出かけてみぬか」

「ふたりで出かけるなど久しくございませんでしたものな」

と汀女が嬉しそうに応じた。

「よし、どこぞに出かけて美味しいものでも食べようではないか」

幹次郎は寝床から飛び起きると井戸端に洗面に行った。すると長屋のおかみさん連が昼餉の仕度か、井戸端で立ち働いていた。

「お侍さん、今日はのんびりだね」

髪結のおりゅうが話しかけてきた。

左兵衛長屋の持ち主は吉原会所であり、ために住人の大半が吉原に関わりのある仕事に就いていた。おりゅうも吉原出入りの女髪結だ。

「本日は姉様もそれがしも休みを頂戴したのだ」

「なにやら騒ぎがあったと聞きましたよ。偶には汀女先生のもとでのんびりしないと汀女先生に愛想を尽かされますよ」

「いかにもさようと思うてな、本日どこぞに姉様を連れ出そうと考えついたところだ」

「それはいい考えですよ。仕事ばかりではつまらないもの」

「さて、どこに姉様を連れ出したものか」

と幹次郎の呟きにおりゅうが、

「どこもさ、御老中松平様の奢侈禁止令で火が消えたようですよ。手間暇かけた菓子は駄目、火消しの火事羽織も纏もだめ、豪奢な能装束も花魁の刺繍を施した打掛もいけない、大きな雛人形も禁止、と駄目づくしでこちとらの髪結にまでとばっちりが来てさ、これまで三日に一度の遊女の髪の結い直しが七日に一度となったりと口が干上がってますよ」

「なにっ、髪結仕事にまで影響が出ておるか」

「だからさ、神守様が汀女先生をどんなに立派な食いもの屋に連れていったって、店はがらすき、大いに歓迎されますよ」

「われら、一流どころには縁がないでな、客がいようといまいと関わりがないわ」

おりゅうと世間話をして長屋に戻ると汀女の仕度は成っていた。そして、幹次郎の初夏めいた小袖が用意してあった。

「本日、仙右衛門どのとお芳さんが川向こうに渡っておられる。長命寺で桜餅を食するのだそうな。われらも真似て、竹屋ノ渡しに乗り、ふたりを邪魔しては悪いでな、隅田川の岸を本所方面へとぶらぶら散策せぬか」

「それは宜しゅうございますな。偶に乗合船に乗ると気持ちが清々します」

よし、と応じた幹次郎は寝巻を脱ぐと小袖を羽織り、

「袴は穿かんでもよかろう」

と着流しの腰に脇差と和泉守藤原兼定を手挟んだ。

汀女は初夏のような日差しを避けるために日傘を手にして、幹次郎は菅笠を被った。

「おや、ご一緒に仲良くお出かけですか」

「こんなときもなけりゃあね、神守様は会所の御用で夜中じゅう走り回っているんだものね」

などと女衆のかける声に見送られたふたりは、土手八丁に出ると今戸橋に足を向けた。

「幹どの、先日、富岡八幡宮の船着場でおもよさんという女の人を拾われたそうな」

「自ら吉原に身売りしたいと四郎兵衛様の舟に乗り込んできた女だな。あの人ならば花伊勢から奉公に出るのではなかったかな」

「花伊勢の旦那の佐兵衛さんも女将さんも、ひょっとしたらおもよさんは、亡くなった小紫さんの代わりが務まる女郎さんになるかもしれないと、玉藻様にまで

礼を申されたそうですよ」

「ほう、もう見世に出ておるか」

「花伊勢さんは半籬に格が上がったばかりで猫の手でも借りたいそうな、新入りでも直ぐに手が欲しい。おもよさんは花嵐さんの名で昨夜から張見世に出て、直ぐに五人の客がついたそうな。気風と歯切れがよいので人気が出ると、佐兵衛旦那が喜んでおられますとか」

「昨日の今日でなかなか話が早いな」

「この長屋ならではのところですよ」

と汀女が笑った。

さすがに左兵衛長屋は吉原に関わる住人ばかりだ。長屋の井戸端であれこれと情報が集まってくるのだ。

「小紫が死んで花嵐さんが生まれた。逝く者もあれば来る者もある」

ふたりはいつしか今戸橋の傍まで歩いてきていた。

「おや、神守様に汀女先生」

とつい最近まで仮の吉原会所が置かれていた船宿牡丹屋の女将が声をかけてきた。

「お紋様、仮宅の間、世話になりました」

「なんのことがありましょう。うちは吉原あっての船宿、仮宅では商いも成り立ちませぬ。その間に会所に借り上げて頂いて助かりました」

と反対に礼を言われた。

竹屋ノ渡しの船着場は山谷堀が隅田川に流れ込む右岸にあった。

ふたりが船着場に到着したとき、須崎村からの乗合客を乗せた船が到着したところだった。

幹次郎と汀女の他に乗合客が四人ほど、ひとりは竹籠に矢車菊をいっぱいに入れた娘だった。

船頭が今戸橋の方角を見ていたが、

「待っても客は来そうにないや、出しますぜ」

と乗客に断わって舫い綱を解いた。

「幹どの、薄墨様と高尾太夫の二人花魁道中、見物なされましたか」

「瀧瀬さんの騒ぎで亀鶴楼にへばりついていてな、見逃したのだ」

「なんとも残念なことをしましたな」

うむ、と幹次郎が応じた。

「薄墨様と高尾様、二枚看板の揃い踏みは見応えございましたよ。見物の衆もただ溜息ばかり、おれは高尾だ、いや、それがしは薄墨がいいと男衆が他愛もなく言い合う様は、あのふたりならではのことでした」

「遊女三千の頂点にあるのがあのふたりであることに間違いないでな」

「幹どのは薄墨様贔屓にございましょう」

「姉様、それがしは吉原会所の関わりの者だぞ。遊女衆のだれの贔屓でも仇でもない」

「そうは申されますが、薄墨様は幹どのを思うておいでです。それは言葉の端々に感じ取れます」

と汀女が幹次郎の顔を見ながら言った。

「姉様、薄墨様はあの火事騒ぎのことを恩義に感じておられるからであろう。それ以上のことはなにもないわ」

「そう聞いておきましょうかな」

と悠然と答えた汀女は、

「薄墨様の道中におみよさんが加わっておられましたがな、あの娘、とても初めてとは思えぬほどに堂々とした道中にございましたよ」

「そうか、三浦屋さんではおみよを吉原戻りから禿として雇われたか」

幹次郎は、鎌倉の宝戒寺で死んだ姉の小紫と鍋墨を塗って江戸に出てきた妹のおみよのことを重ね合わせて思い浮かべていた。

その視線の先に矢車菊の紫があった。

姉が散りて　妹が咲かすか　矢車菊

幹次郎の脳裏にそんな五七五が浮かんだとき、どーんと舳先をぶつけて渡し船が須崎村の船着場に到着した。

二〇一〇年三月　光文社文庫刊

光文社文庫

長編時代小説

再建 吉原裏同心(12) 決定版

著者 佐伯泰英

2022年9月20日 初版1刷発行

発行者 鈴木広和
印刷 萩原印刷
製本 ナショナル製本

発行所 株式会社 光文社
〒112-8011 東京都文京区音羽1-16-6
電話 (03)5395-8149 編集部
8116 書籍販売部
8125 業務部

ISBN978-4-334-79409-5 Printed in Japan

組版 萩原印刷